LEO SANDER

Gelegenheitsverkehr

CHARMANTER ERMITTLER Der ebenso charmante wie raubeinige Exkriminalbeamte Kant zieht von Wien in einen Linzer Vorort. Kaum angekommen beauftragt ihn die Tochter seines toten Vormieters Franz Richter, herauszufinden, ob ihr Vater ermordet worden ist. Gemeinsam mit seinem Freund Poldi vom Landeskriminalamt beginnt Kant mit den Ermittlungen. Eine Spur führt zu einer professionellen Schieberbande, für die der Tote offenbar als Informant gearbeitet hat. So weit, so gut – wenn Kant nicht ständig seine Frauengeschichten dazwischenkommen würden. Seine ehemalige Dauerfreundin Bettina stellt wieder Ansprüche und auch die Richterin Elisabeth und die sinnliche Julia haben es auf ihn abgesehen. Und als wäre das nicht schon genug, bittet ihn Poldi, einer Bekannten zu helfen, die von ihrem Exfreund terrorisiert wird. Ein klarer Auftrag für Kant also, die Muskeln mal wieder gehörig spielen zu lassen – und zugleich einen kühlen Kopf zu bewahren …

Leo Sander, Jahrgang 1965, ist Nachrichtentechniker und machte eine Ausbildung zum Detektivassistenten und Sprengbefugten. Er arbeitet in einem Elektronikkonzern und lebt in Oberösterreich. »Gelegenheitsverkehr« ist sein erster Roman.

LEO SANDER

Gelegenheitsverkehr

Kriminalroman

GMEINER *Original*

Dieses Werk wurde vermittelt durch
die Literaturagentur Kai Gathemann

Besuchen Sie uns im Internet:
www.gmeiner-verlag.de

Im Ehnried 5, 88605 Meßkirch
Telefon 07575/2095-0
info@gmeiner-verlag.de

1. Auflage 2014

Lektorat: Claudia Senghaas, Kirchardt
Herstellung: Mirjam Hecht
Umschlaggestaltung: U.O.R.G. Lutz Eberle, Stuttgart
unter Verwendung eines Fotos von: © der-Begnadete / photocase.com
Druck: GGP Media GmbH, Pößneck
Printed in Germany
ISBN 978-3-8392-1537-1

Personen und Handlung sind frei erfunden. Ähnlichkeiten mit lebenden oder toten Personen sind rein zufällig und nicht beabsichtigt.

1

»Ich will mein Geld«, blaffte mich eine forsche Männerstimme an. *»Nur weil Franz Richter tot ist, heißt das nicht, dass ich darauf verzichten werde.«*

Das musste mein Vormieter gewesen sein. Nicht mein Problem. »Ich bin gerade eingezogen und habe nichts mit dem zu tun«, sagte ich.

»Ah so.« Der Anrufer blieb ein paar Sekunden still.

Ich konnte seine rostigen Gehirngeräusche förmlich hören.

»Dann entschuldigen Sie, bitte.« Er legte auf.

Ich wickelte das farbbespritzte Telefonkabel wieder um den Apparat. Willkommen in Kurzkirchen. Das hatte ich mir anders vorgestellt. Als ich Betthaupt und Seitenteil endlich wieder so positioniert hatte, dass sich die Schrauben hineinstecken ließen, schrillte die Türklingel.

Probe im Wohnungsorchester oder bereits Inkassomitarbeiter? Ich ließ die Bretter fallen und schnappte meinen Schlagstock, der aus einem der offenen Umzugskartons ragte. Ich hatte den Auszug aus meiner teuren Wiener Altbauwohnung nicht besonders ordentlich vorbereitet. Außerdem war ich betrunken gewesen.

Ich flitzte zur Tür. Mit Gewalttätern hatte ich Erfahrung. Und nach einer geschlagenen Stunde Möbelfiasko war ich auch in Stimmung dafür. Ich blickte durch den Spion, legte den Schlagstock schnell wieder beiseite und öffnete.

Eine attraktive Blondine in dunkelblauem Businesskostüm stand da und sah zu mir hoch. Knapp Vierzig, gute Figur. Sie inspizierte mich aus großen, klugen Augen. Dezent geschminkt, winzige Linien um den leicht spöttisch verzogenen Mund. Teurer Wohlgeruch schwebte herein. Ihre strenge weiße Bluse wölbte sich ansehnlich. Golden Delicious. Ihr kinnlanges Haar war perfekt in Form, mit einem Hauch angedeuteter Nachlässigkeit, die das Frisurenstudio preislich in die gleiche Liga wie ihren Couturier rückte. Hoflieferant.

»Guten Tag«, sagte sie zögernd mit einer angenehm dunklen Stimme.

Dass ich in T-Shirt und zerknitterten Jeans barfuß vor ihr stand, schien sie nicht zu stören. Ich räusperte mich ausführlich. Eben noch kampfbereit, im nächsten Moment schon hilflos eingelullt.

»Guten Morgen«, sagte ich.

»Der Notar hat mir diese Adresse gegeben.« Sie schwenkte einen rosa Zettel. »Mein Vater hat hier gewohnt.«

Ach so. Wie eine zu kurz gekommene Erbschleicherin sah sie gar nicht aus. »Ich bin neu eingezogen. Nichts mehr da.« Ich begann, die Tür zu schließen.

»Ich weiß. Mein Bruder hat alles abholen lassen. Darf ich kurz reinkommen?« Sie hob bereits ein schlankes Bein.

Wenn ich die Tür schloss, würde sie dagegen prallen. Sichere Gestik, sanft vorgetragener Befehl. Zuwiderhandlung zwecklos. Meinetwegen. Ich bedeutete ihr einzutreten.

Sie schien kurz zu überlegen, ob sie ihre eleganten, aber ganztagestauglichen Schuhe ausziehen sollte, ließ es angesichts meiner wüsten Wohnungsbaustelle aber bleiben. Ich führte sie in die kleine Küche, wo zwischen anderen Möbelteilen zwei Stühle standen. Wir setzten uns.

Ich sah sie an und wartete.

»Entschuldigen Sie mein Eindringen. Ich will Sie nicht lange aufhalten. Mein Name ist Almuth Amras.« Sie betrachtete die Wiese mit den beiden Apfelbäumen des Nachbarsgrundstücks. »Mein Vater hat hier bis zu seinem Tod vor zwei Monaten gewohnt.«

»Tut mir leid«, sagte ich. Ich zappelte etwas mit meinen nackten Zehen, ließ es dann aber aus Pietätsgründen wieder sein. »Wie kann ich Ihnen helfen?«, sagte ich.

Durch das gekippte Fenster drang Gezwitscher. Zwei Wäschespinnen waren aufgespannt. Eine Katze saß reglos in der Frühlingssonne und starrte angestrengt auf ein Büschel Grashalme.

»Ich wollte nur wissen, wie er gewohnt hat. Wir standen uns nicht nahe. Ich habe ihn das letzte Mal gesehen, als ich zehn war.«

Allzu sehr in Trauer versunken war sie nicht. Eher nachdenklich. Machte sie sich Vorwürfe, dass sie sich nie um ihren Vater gekümmert hatte? Wollte sie mich als Gesprächstherapeuten missbrauchen? Ich schielte auf die auf dem Boden liegenden Schrauben. Fehlte da nicht eine?

Sie wandte sich ruckartig zu mir und sah mich an. »Ich bin froh, dass ihn meine Mutter damals verlassen hat. Sonst hätte er sie wohl totgeschlagen.« Sie legte die Beine übereinander. Ihr enger Rock knisterte.

Die Schrauben verblassten augenblicklich. Ich nickte verständnisvoll. Weit verbreitet, solche Familienverhältnisse.

»Mein Bruder hat die Formalitäten geregelt, das Begräbnis und alles. Ich konnte, nein, ich wollte nicht kommen. Ich arbeite und lebe in Italien, seit Jahren schon.«

Italien. Modische Erscheinung. Alles klar.

»Ich bin zur Testamentseröffnung hier. Nicht dass ich etwas erwarte. Aber dann ist alles erledigt.«

»Wie alt war Ihr Vater?«

»Siebzig. Die Polizei sagt, er ist in der Küche ausgerutscht und so unglücklich gefallen, dass er sich das Genick brach.« Sie musterte meine Küche.

Ich war froh um den frischen Anstrich und die neuen Böden. Vielleicht sollte ich seinen Geist mit Weihrauch vertreiben?

»Ist das ein Gummiknüppel?«, fragte sie plötzlich und zeigte durch die offene Küchentür ins Vorzimmer.

»Einsatzstock. Minder gefährliche Waffe«, präzisierte ich und widerstand der Versuchung, sie zu fragen, ob sie ihn mal halten wollte. »Souvenir.«

»Sind Sie Polizist?«, fragte sie interessiert.

»War. Unsere Wege haben sich getrennt.«

Die letzten sechs Monate hatte ich bei einer Versicherung verbracht. Diese Zeit – überbezahlt und ohne wirklichen Aufgabenbereich – hatte mein damaliger Chef arrangiert, damit ich finanziell wieder auf die Beine kam.

Sie sah mich eine Weile unverwandt an und sagte unter energischem Kopfnicken: »Ich kenne Sie. Wenn ich auch im Ausland lebe, verfolge ich doch regelmäßig die Nachrichten. Sie sind Major Kant.«

Ich gab es zu.

»Sie waren das mit der Geiselnahme in Mödling. Und den ehemaligen Minister haben Sie auch verhaftet. Warum sind Sie weg von der Polizei?« Ihre Augenbrauen schossen fragend nach oben. »Sie sollten mittlerweile General sein, falls es so etwas gibt bei Ihnen.«

»Die Polizei wollte weg von mir«, sagte ich. »Ich hatte schon immer Schwierigkeiten mit der Befehlskette.«

»Und deshalb ziehen Sie in eine kleine Wohnung in das idyllische Kurzkirchen«, stellte sie fest.

»Die Kostenschere.« Ich hob die Schultern. »Hat Ihr Vater jemandem Geld geschuldet?«

»Ich weiß nicht. Nein«, sagte sie. »Warum?«

»Nur so.«

»Sagen Sie …« Nachdenklich ließ sie ihren Blick

über das Chaos schweifen, als hätte sie plötzlich eine Idee.

»Ja?« Ich hoffte, dass sie mir kein anzügliches Angebot machte. Unerwarteter Damenbesuch und Phallussymbole im Vorzimmer. Abends würde Bettina kommen und die Einzelteile meines Betts waren noch überall verstreut.

»Mein Vater war früher Turner. Reck, Barren, die gesamte Bandbreite. Ich meine, er war nie bei Wettkämpfen, aber er hat immer geturnt, trotz der Trinkerei.«

»Ja?«, wiederholte ich ein klein wenig enttäuscht.

»Er war immer fit. Damals zumindest. Und auf den Beinen war er wie eine Katze. Deshalb hat sich meine Mutter auch in ihn verliebt.«

»So einer bricht sich in der Küche nicht das Genick?«, spekulierte ich.

»Ja, so ungefähr.«

»Haben Sie das der Polizei gesagt?«

»Nein. Ich glaube nicht, dass die etwas unternehmen würden. Vielleicht habe ich auch nur Schuldgefühle. Aber ich empfinde es so, als würden in einem Buch am Ende die Seiten fehlen. Oder in einem Film die letzte Szene.«

»Glauben Sie, dass Ihr Vater ermordet worden ist?«, sagte ich.

»Nein. Aber ich würde beruhigt abreisen können, wenn jemand nachforscht. Sonst würde ich mich immer fragen, ob ich nicht auf eine genaue Untersuchung hätte drängen sollen.« Sie öffnete ihre Handtasche, auf der in großen Buchstaben »Prada« ins Leder gebrannt war.

»Sie haben doch jetzt Zeit, oder?« Almuth Amras sah mich kritisch an.

»Naja« Ich deutete vage auf das herumliegende Werkzeug. »Eigentlich nicht.«

Sie holte ein Portemonnaie hervor und zog eine Karte heraus. Während sie mit einem silberglänzenden Stift eine Telefonnummer daraufschrieb, sagte sie: »Ich werde Sie natürlich bezahlen. Mir erscheint das viel erfolgversprechender, als einen Privatdetektiv zu engagieren. Wo Sie doch bereits hier wohnen.« Sie lächelte gewinnend. »Und kompetent sind Sie ja.«

Ich nahm die Karte entgegen. Almuth Amras. Acquisizioni. Eine Adresse in Mailand. Miss Triple A.

»Das ist mein Mobiltelefon hier in Österreich. Ich hatte vor, zwei Wochen zu bleiben. Natürlich will ich Sie nicht überrumpeln. Aber Sie würden mir sehr helfen«, sagte sie mit geübtem Acquisizioni-Lächeln.

»Wahrscheinlich kommt gar nichts dabei heraus«, versuchte ich sie zu bremsen. Nach dem muffigen Versicherungsbüro wäre ein bezahlter Ermittlungsauftrag allerdings eine angenehme Abwechslung.

»Das wäre umso besser. Oh, natürlich. Verzeihung.« Sie schüttelte den Kopf über ihr Versehen, griff ins Portemonnaie und reichte mir einige große Scheine. »Anzahlung und Spesen. Ich hoffe, es reicht vorerst. Ich habe gerade nicht mehr dabei.« Sie klappte die Tasche zu.

Mehr hatte ich nicht einmal auf meinem Konto. Und auch keine Gewerbeberechtigung. Würde also illegal tätig werden. Steuern hinterziehen sowieso.

Ich nickte und sagte: »Ich rufe Sie an.«

*

Ein weißhaariges Männchen hopste agil die Treppenstufen hoch, vorbei an der entschwindenden Almuth Amras und streckte mir forsch die Hand entgegen, bevor ich meine Tür zumachen konnte.

Ich ergriff sie. Muränenbiss, durchfuhr es mich.

»Sie sind neu eingezogen, gell? Willi Weichselbaum, sehr erfreut.« Er pumpte meine Hand wie einen Ziehbrunnenschwengel. »Ich sage Ihnen gleich: das Wichtigste ist das Putzen!«

»Das Putzen?« Ich bekam meine Hand wieder und nahm plötzlich den leisen Duft nach Schmierseife und Heizöl wahr, der sich durch das Haus zog. Willi Weichselbaum trug ein rot kariertes Flanellhemd mit zugeknöpfter Strickjacke darüber und eine altertümliche graue Arbeitshose mit Kordelzug. Seine Füße steckten in unförmigen Pantoffeln.

Er nickte eifrig. »Sie sind nämlich schon diese Woche dran. Ihr Bereich ist der Flur hier und die Stiege bis hinunter in den Keller.« Die ausgestreckten Arme schwenkend zeigte er auf das zu putzende Areal wie Flugbegleiter auf die Leuchtstreifen im Boden. »Kehren und nass wischen.«

In meiner alten Wohnung hatte das der Hausbesorger erledigt. »Ist gut«, sagte ich resigniert.

»Aber wissen Sie«, raunte er verschwörerisch und reckte sich mir entgegen, »in den Häusern gegenüber gibt's Frauen, die erledigen das für zehn Euro.«

»Nein, ist schon gut, ich mache das selbst«, erklärte ich unerschrocken.

»Sie sind ein Mordskerl.« Er musterte mich von oben bis unten wie beim Morgenappell. »Sie haben sicher keine Probleme bei Frauen, nicht wahr?«

Ich lachte. »Nein.« Was würde Bettina dazu sagen? »Keinerlei Probleme.«

»Ich wohne im ersten Stock. Ein Jammer mit dem Richter Franz, was?«

»Mein Vormieter? Ich habe ihn gar nicht gekannt. Was ist denn passiert?« Die Ermittlungen kamen bereits ins Rollen. Ich lehnte mich an den Türrahmen.

Herr Weichselbaum blinzelte neugierig an mir vorbei in das Vorzimmer. »Ausgerutscht. In der Küche. Zack.« Er legte den Kopf schief und illustrierte einen Genickbruch.

»Einfach so?«

»Ich habe ihn gefunden. Das heißt, ich habe die Polizei geholt, als er nicht aufgemacht hat. Wir waren nämlich verabredet um sechs in der Früh. Wir wollten zusammen eine Reise nach Bulgarien unternehmen. Dort gibt's so schöne Frauen, ich sage Ihnen …« Er schüttelte den Kopf, offenbar in wohltuende Reiseerinnerungen versunken. »Die Polizisten sind dann rein, die Tür war gar nicht abgeschlossen.«

Ich besah die Klinke meiner viel zu dünnen Wohnungstür und nahm mir vor, sie durch einen Drücker zu ersetzen.

»Und das, wo es dauernd Einbrüche in der Gegend gibt«, sagte er.

»War er denn nicht so gut zu Fuß, der arme Herr Richter?« Ganz automatisch wechselte ich zum Undercover-Verhörmodus. Wieder einmal.

»Ach woher. Den haben wir alle beneidet. Der Franz war topfit. Im Turnsaal in der Volksschule haben wir uns immer getroffen. Altherrenturnverein. Sogar einen Trainer haben wir.« Er seufzte und zog die Mundwinkel kurz nach unten. »Es werden immer weniger. Bald können wir nicht einmal mehr Karten spielen, weil alle sterben. Wir haben für einen Kranz gesammelt. Vielleicht schauen Sie einmal hin. Gleich hinter der Kirche«, sagte er traurig.

»Das werde ich machen.«

»Ach ja, einen Partezettel hab ich noch. Hier.« Willi Weichselbaum drückte mir ein kleines, einfach gefaltetes Kärtchen in die Hand. »Passen Sie auf«, wisperte er, und zeigte auf eine geschlossene Wohnungstür, »der Gruber kontrolliert immer, ob geputzt wird.« Und mit lauter Stimme: »Also dann. Hat mich gefreut.«

»Ja, mich auch«, sagte ich. Herr Weichselbaum hüpfte die Treppe nach oben. Ich faltete das Kärtchen auf.

Zum Gedenken. Franz Richter, 12. 7. 1942–28. 1. 2012. Und ein Foto, auf dem er viel jünger aussah als siebzig. Scharf geschnittenes Gesicht, kurzes Haar, eindringlicher Blick. Wahrscheinlich aus einem Führerschein kopiert. Ich drehte das Kärtchen um. Auf der Rückseite stand: »Karlis Anglerbedarf. Alles für den Sportfischer.«

*

Nunmehr vollständig angezogen spazierte ich über die leere Hauptstraße zur imposanten Kirche. Aus Spalten zwischen den massiven Steinblöcken der Kirchenmauer flogen Vögel ein und aus. Gezwitscher aus den Gärten der umliegenden kleinen Häuschen mischte sich in das Geknirsch meiner Schritte auf dem Kiesweg. Es roch nach gemähtem Gras. Die Menge der Gräber überraschte mich. Ohne Hilfe würde ich Franz Richter nicht finden. Am Ende des Friedhofsgeländes schaufelte ein Arbeiter Erde auf einen Traktoranhänger. Ich ging hin.

»Gotisch. Fast tausend Jahre alt«, begrüßte er mich und neigte den Schaufelstiel zur Kirche. »Sie sind aber kein Tourist, oder?« Stämmig, braun gebrannt, struppiges schwarzes Haar, dünner Schnurrbart.

»Nein. Ich bin gerade hergezogen. Ich suche das Grab von Franz Richter.«

»Der Richter Franz. Gleich hier. Kommen Sie, ich zeige es Ihnen.« Der Mann lehnte seine Schaufel an den Traktor, wischte die Hände am blauen Overall ab und führte mich zu einem schlichten Grab.

Auf ein Holzkreuz war ein schwarzes Schild genagelt. Darunter hing unter einer Plastikfolie der gleiche Partezettel wie meiner. Vor einem welken Kranz steckte ein Windlicht in der dunklen Erde.

»Einfaches Reihengrab, dreizehn Euro«, intonierte der Mann. »Na, wenigstens keine Urne. Die sind zwar billiger, aber was sollen die Hinterbliebenen dann schmücken? Wo doch die alten Weiber so gerne ein bissel garteln. Sind Sie ein Verwandter?«

»Nein, ich bin in seine frühere Wohnung eingezogen und dachte, ich schau einmal her.«

»Das ist nett von Ihnen«, sagte er anerkennend. »Der hätte leicht noch ein paar Jahre vertragen, so schlank und gut beieinander wie der war. Die meisten sind ja fett und haben alle möglichen Krankheiten.« Er deutete mit einer Kopfbewegung in Richtung Dorfzentrum. »Berghofer Wirt. Was soll man machen, wenn's einem schmeckt.«

»Haben Sie ihn begraben?«, wollte ich wissen. Die mit jedem Tag kräftiger werdende Sonne wärmte meinen Rücken.

»Ja. Und hergerichtet auch. Ich schau mir die Toten immer vom medizinischen Standpunkt aus an, wissen Sie. Ist ein Hobby von mir. Ich hätte ja leicht Arzt werden können.« Er zog mit überlegenem Gesichtsausdruck ein großes Taschentuch aus dem Overall und schnäuzte sich vernehmlich. »Sauberer Genickbruch.

Ich kann mich gar nicht erinnern, dass wir so was je hatten.«

»Gab es eine Obduktion?«

»Nein, das wird nur bei diagnostischer Unklarheit gemacht«, dozierte er gemessen. »Der Doktor Koch hat ihn angeschaut und den Totenschein ausgestellt. Weil ohne Zettel darf ich ja nicht einmal anfangen zum Graben.« Er bückte sich und fischte die rote Plastikhülle einer leer gebrannten Kerze aus der Erde. »Obwohl«, fügte er nachdenklich hinzu, »der Koch, der sauft gern.«

»Haben Sie Herrn Richter gekannt?«

»Flüchtig. Wir haben manchmal ein paar Worte gewechselt, mehr nicht. Die meiste Zeit hat er beim Wandern und im Turnsaal mit den Alten verbracht. Wenigstens hat er die Vorfreude auf das bulgarische Puff gehabt. Die Pharmaindustrie macht's möglich.« Er grinste. »Aber ich will ja nichts Böses über die Toten sagen.«

»Ja, dann vielen Dank«, sagte ich, und wandte mich zum Gehen.

Statt zurück zu seinem Traktor, ging er mit mir und sah mich von der Seite her an. »Angeln Sie vielleicht?«

»Nein, warum?«

»Weil ich betreibe mit meinem Schwager nebenbei ein Anglergeschäft. Wenn Sie da einmal was brauchen, jederzeit zu Diensten.«

Ich sagte, ich würde daran denken, sollte ich je angeln wollen und verließ den Friedhof.

*

Die Zwiebel- und Karottenschnipsel zischten im Öl und füllten die Küche mit ihrem Aroma. Ich war sehr stolz auf die neuen Edelstahltöpfe. Starterset. Mein Magen knurrte. Ich rührte um und bumste absichtlich mit meiner Hüfte gegen Bettinas Po. Sie hatte enge Jeans und ein T-Shirt an. Bettina schaffte es stets mühelos, mit dem Prädikat Augenweide ausgezeichnet zu werden.

»Oh, Verzeihung. Ist ja auch eine enge Küche«, sagte ich.

Sie grinste und zeigte mit dem Salatschneidemesser auf mich. »Ein gemeinsames Nest würde dieses Problem natürlich lösen.«

Ein Scherz? Bei Bettina wusste man nie. »Jetzt, wo ich endlich mein Bett zusammengeschraubt habe?«, sagte ich und guckte in den anderen Topf, in dem Salzwasser sprudelte.

Auf dem Tisch standen unsere Weingläser. Am Nachmittag hatte ich die Küche in Ordnung gebracht und den Tisch zusammengebaut. Das Wohnzimmer war zwar noch voller Kartons, aber ich hatte sauber gemacht. Das Bett war mit frischer Wäsche bezogen. Den Wein hatte Bettina mitgebracht.

»Außerdem ist es in Wien langweilig ohne dich«, sagte sie.

Ich fischte mit dem Kochlöffel eine Nudel heraus und kostete. »Spaghetti brauchen noch ein Weilchen.«

Ich mochte mein eigenes Reich. Hier genauso wie in Wien, wo es zugegebenermaßen etwas komfortabler gewesen war. Und ich misstraute der Heilen-Welt-Vorstellung vom aufeinanderklebenden Zusammenleben zutiefst. Wir wussten ja, wozu das geführt hatte. Zwar hatten wir nicht gemeinsam gewohnt, aber fast jede freie Minute miteinander verbracht. Bis die Minuten seltener wurden und sie eine Affäre mit einem Kollegen begann. Wir hatten uns getrennt und einander Untreue geschworen. Trotzdem verbrachten wir seit zwei Monaten immer wieder gerne Zeit miteinander. Bettina besuchte mich ab und zu. Heute war sie extra aus Wien angereist. Vielleicht hatte das erst der gewonnene Abstand möglich gemacht. Bei Bettina hatte sich allerdings schnell ein einseitiger Exklusivitätsanspruch entwickelt, über den sie leicht in Rage geriet.

»Deine alte Wohnung war wirklich viel größer«, mäkelte sie und sah sich demonstrativ um.

»Kann sein.« Ich nahm einen Schluck. Zweigelt. Burgenland. Hervorragend. »Hier gibt es dafür Vogelgezwitscher und Apfelbäume.«

»Wenigstens bist du der Schuldknechtschaft entronnen«, gestand sie mir zu.

»Das auch«, sagte ich fröhlich.

»Hier fehlt jedenfalls noch einiges.« Ihre Blicke schweiften bedrohlich durch den Raum und nahmen bereits Maß.

Für Vorhänge, die kleine Stoffhäufchen auf dem Boden bilden würden, auch wenn sie völlig korrekt von der Decke hingen. Und für schwarz lackierte Möbelstücke, die täglich feucht gewischt werden mussten, damit sie nicht das Flair eines Diskonttankstellencafés vermittelten. Verschönerungen. Die Hand einer Frau.

Aber ich war auf der Hut. »Wie geht's dir mit der Story?«, riss ich sie schnell aus ihren Innenarchitekturträumen. »Was Brauchbares recherchiert?« Ich gab großzügig Oregano und Basilikum in die Sauce.

»Ich bin mir nicht sicher.« Sie verzog das Gesicht. »Jemand hat mir erzählt, dass gleich nach Fertigstellung der Wachtelberger Schnellstraße zwei Politiker samt Familien in brandneue Villen eingezogen sind.« Sie schälte zwei Knoblauchzehen, während sie sprach. »Für die Frauen gab's Porsches«, sagte sie. »Es soll richtiggehende Bestechungspackages der Baufirmen geben, abgestimmt auf das Auftragsvolumen. Am lukrativsten für alle Beteiligten sind natürlich große Vorhaben.«

Ich presste den Knoblauch in die Sauce und rührte um.

»Außer für den Steuerzahler natürlich. Es gibt eine richtige Rangordnung. Eine Schnellstraße mit ein paar Brücken bringt wesentlich mehr Schmiergeld als eine poplige Autobahnauffahrt. Das wird wiederum von Flughafenerweiterungen und großzügigen Untertunnelungen in den Schatten gestellt. Laut meinem Informanten haben unsere Staatsdiener bereits eine recht hohe Erwartungshaltung.«

»Wer ist denn dein Informant?«, fragte ich.

»Ein Bauingenieur. Ist im Unfrieden von seinem

Unternehmen geschieden und möchte es ihnen heimzahlen.«

»Aus Unfrieden wird leicht ewiger Frieden«, sagte ich. Mir war gar nicht gut bei diesen Enthüllungen. »Pass auf dabei, ja?« Bettina war leider gleichermaßen stur wie kompetent. Sobald sie sich in etwas verbissen hatte, konnte ich sagen, was ich wollte.

»Aber ja. Ist ja auch ein alter Hut und nicht meine erste Wahl«, sagte sie, breitete das weiße Tischtuch aus und zündete die Kerze an, die ich in eine leere Weinflasche gesteckt hatte. »Ich hätte viel lieber eine überregionale Geschichte, die ich dem Spiegel andrehen kann.«

Draußen brauste abendlicher Wind durch die Apfelbaumblätter. Ich schloss Fenster und Jalousien und nahm Bettina in den Arm.

»Ich bin gern bei dir«, sagte sie. Wir küssten uns. Die Nudeln kochten über.

Wir saßen im Kerzenschein am Küchentisch. Das blutrote Funkeln ihres Glases fügte sich mit dem Schimmer ihres hochgesteckten schwarzen Haars zu einem Gemälde, das nur in meinen Gedanken existierte. Sie trug kein Make-up, wirkte aber trotzdem perfekt geschminkt. Ich sah sie an und war zufrieden mit der Welt.

Sie konzentrierte sich auf ihr Weinglas, das sie mit zwei Fingern in kleinen Kreisen herumschob und sagte: »Morgen ist der Salsa-Abend.«

Beim ersten Zeichen selektiver Vergesslichkeit

meinerseits würde sie herabstoßen wie ein Habicht und meine Versprechen zitieren. Ich war zwar nicht so versessen darauf, hatte aber kürzlich gelobt, dass wir uns tanztechnisch weiterbilden würden. Was wir machten, war mir egal. Spaß hatten wir meistens. »Ich weiß«, überraschte ich sie. »Und ja nicht zu spät kommen.«

»Du bist ja direkt aufgekratzt. Was ist los?« Bettina nippte am Wein.

Ich erzählte ihr von Almuth Amras' Besuch.

»Aha!«, sagte sie frostig und stellte abrupt ihr Glas ab. Ein Tropfen Wein spritzte heraus und breitete sich auf dem Tischtuch aus. Bettina starrte befriedigt darauf, als sei es bereits das Blut ihrer Rivalin. »Die ist hier in der Wohnung gewesen?«

»Ja«, sagte ich.

»Wo kommt die her? Und was bezahlt sie dir?«

Ich stand ihr Rede und Antwort.

»Du, ich bin in Wien auch nicht einsam«, erklärte sie knapp und sah auf ihren Teller. »Soll ich lieber bei Mama übernachten?«

Ihre Mutter wohnte in einem Vorort von Linz und hasste mich. Ihr Traum war, Bettina mit einem Diplomaten zu verheiraten. Ich wartete auf die Hauptfrage.

»Ist sie hübsch?«, sagte sie.

»Eine gewisse Attraktivität kann ich nicht leugnen. Aber sie mit dir zu vergleichen wäre ein zu harter Schlag für Frau Amras.«

Bettinas Blicke bohrten sich in meine Augen.

»Auch schon älter«, beeilte ich mich, den Schaden zu begrenzen. »Eigentlich eher unansehnlich. Hässliche Schuhe.«

Sie entspannte sich wieder und spießte ein Salatblatt auf.

»Und was macht Gregor?«, sagte ich.

Bettina kaute ihr Salatblatt gründlich. »Du trägst mir das immer noch nach.«

»Ja«, sagte ich.

Bettina widmete sich ausführlich ihren Spaghetti. »Was glaubst du denn? Ist dein Vormieter wirklich ermordet worden?«, sagte sie schließlich.

»Ich weiß es nicht«, gestand ich. »Wenn etwas offensichtlich faul wäre, hätte eine offizielle Ermittlung stattgefunden. Und die Wohnung wäre immer noch versiegelt.«

»Hat er getrunken?«

»Vor dreißig Jahren war er angeblich Alkoholiker. Ob später auch noch, wird mir hoffentlich der Gemeindearzt morgen sagen.« Ich schenkte Bettina nach. »Andererseits ist es unwahrscheinlich, dass man sich am Vorabend einer Reise so betrinkt, dass man fällt und sich das Genick bricht. Du hättest meinen Nachbarn sehen sollen. Wenn der Richter nur halb so fit war wie der, dann hätte er sich nichts gebrochen, sondern einen Salto gemacht.«

»Und die Tür war nicht versperrt«, konstatierte Bettina mit einem Blick zur Küchentür. »Du hast übrigens deine Pistole noch bei mir.«

»Hol ich mir, sobald ich hier fertig bin«, sagte ich und zwirbelte Spaghetti auf meine Gabel.

»Das hat doch gar keinen Sinn, wenn du sie nicht mitnimmst«, schimpfte Bettina. »Von Benutzen rede ich ja gar nicht.«

Man soll nie unbewaffnet ermitteln. Ein sehr vernünftiger Grundsatz. Leider galt die Regel: kein Polizeidienstverhältnis, keine Dienstwaffe. Ich hatte zwar eine robuste und präzise Steyr GB, wollte sie aber nur im Notfall tragen. Weil ich in nächster Zeit keinen Kugelhagel erwartete, hatte ich mich dagegen entschieden, die Pistole zu holen.

»Die anderen Unterweltler tragen ihr Arsenal schließlich auch spazieren«, sagte Bettina.

Streng genommen besaß ich die Waffe nämlich illegal. Vor ein paar Jahren, als ich wieder einmal suspendiert gewesen war, hatte sie mir mein damaliger Chef und Mentor gegeben. Wir hatten uns an einem Würstelstand am Praterstern getroffen, um ein paar Details zu besprechen.

»Die Albaner geben ja auch keine Ruhe, Kanterl«, hatte Grafenstein gesagt, als er sich wieder verabschiedete.

Zurück blieben eine halb gegessene Burenwurst und ein zerknautschtes Billasackerl. Drin war die geladene Pistole samt Reservemagazinen gewesen, dick in Zeitungspapier gewickelt. Als die Affäre ausgestanden war, hatte sie Grafenstein nicht zurückhaben wollen. Geschenk. Die Waffe war nirgendwo registriert und existierte offiziell gar nicht.

»Bei der nächsten Gelegenheit bringe ich sie dir«, sagte Bettina.

»Lass das lieber bleiben. Du hast keine Waffenbesitzkarte«, sagte ich.

»Du vielleicht?«, sagte sie zufrieden. »Ich rufe dich an.«

Das erinnerte mich an den Anruf heute Morgen. Ich erzählte ihr davon.

»Wer war das?«, fragte sie.

»Ich weiß es nicht«, sagte ich.

»Keine Nummer? Kein Rufnummernspeicher?«

Ich war perplex. Sechs Monate Pause und alles wie weggeblasen. Vielleicht sollte ich mich als Hilfsverkäufer im Angelgeschäft bewerben. Ich ging ins Wohnzimmer und überprüfte das Telefon. Unter dem Hörer war ein kleines Display. Ich drückte auf eine der Tasten und der letzte Anruf wurde angezeigt. Ich schrieb die Nummer auf und überbrachte Bettina die Beute.

»Gratuliere, du Meisterdetektivin. Eine Spur.«

»Eingerostet?«, fragte sie spöttisch und hob ihr Glas. »Soll ich dir etwas zur Hand gehen?«

Ich rutschte im Sessel nach vorne, zwinkerte ihr zu und nahm Kniekontakt auf. »Ich bitte darum. Du, wegen dem Bett.«

Ihre Augen funkelten. »Das jetzt endlich fertig ist?«

Ich nickte. »Bedarfsgerechter Ausbau, würden die Straßenbauer sagen.«

»Stabiles Fundament? Wackelt nicht?«

»Hochleistungsstrecke«, sagte ich.

»Das wird sich herausstellen«, sagte Bettina und schob ihren Teller zurück.

2

Am nächsten Morgen klagte ich in der Anmeldung von Doktor Koch über diffuse Schmerzen im Brustbereich. Inmitten einer Schreibtischinsel thronte eine kurzhaarige Sprechstundenhilfe mit zerfurchtem Gesicht. Ihr festungsgleicher Hoheitsbereich war vom Wartezimmer mit halbhohen Büromöbeln abgetrennt. Hinter ihr hing ein Vitrinenschrank, in dem sich unzählige Medikamentenpackungen befanden. Ein Radio spielte ganz leise Volksmusik. Sie murmelte etwas von Arbeitslosen, die ja scheinbar immer Zeit hätten und rammte meine E-Card in das Lesegerät.

Das Wartezimmer wurde von einer umwerfenden Rothaarigen dominiert. Sie überstrahlte die anderen Patienten. Schlank, aber beileibe nicht mager. Helle Haut, Lippenstift, auf dem dunkelgrauen Rock eine Zeitschrift. Ihr Haar wallte über ein eng anliegendes Oberteil, dessen goldener Reißverschluss ein paar Zentimeter offenstand.

Beeindruckend, wer sich so auf dem Kurzkirchner Parkett tummelte. Auf der Bank neben ihr war ein Platz frei.

Sie sah auf, senkte ihren Blick schnell wieder und blätterte mit einem leisen Lächeln um.

Ich setzte mich. Sie lehnte sich zu mir. Ich spürte ihre Wärme.

»Die Koch ist ein ortsbekannter Drachen«, wisperte sie, ohne ihre Blicke zu heben. »Das muss Ihnen nicht peinlich sein, dass Sie arbeitslos sind.«

Ihr Atem kitzelte mein rechtes Ohr. »Es ist mir auch nicht peinlich«, flüsterte ich zurück und bewunderte ihre Beine, die viel zu früh unter dem Rock verschwanden.

»Die lässt sich im Unimarkt immer mit Frau Doktor anreden.« Sie lachte leise, wie ein kleines Mädchen, das etwas vor den Erwachsenen versteckt. »Der Arzt traut sich kaum mehr aus dem Ordinationszimmer.« Sie reichte mir die Hand. »Mohntaler«, sagte sie mit normaler Stimme. »Elisabeth. Grüß Gott.«

Guter Händedruck. Angenehm temperiert, fest und nicht zu kurz.

»Sie sind aber nicht von hier, oder?« Sie sah mich an und strich eine Rockfalte am Oberschenkel glatt.

»Seit Kurzem schon. Gerade eingezogen.« Sie hatte Sommersprossen und grüne Augen.

»Und wie gefällt es Ihnen?«, fragte sie und wischte langsam ein Staubkorn vom Busenansatz.

Ich hinderte mein Grinsen daran, sich unzüchtig auszubreiten und sagte unter bestätigendem Kopfnicken: »Ausgesprochen gut.«

»Das ist schön.« Ihre vollen Lippen spendierten mir ein Filmstarlächeln.

»Frau Mohntaler ist schon wieder da, Robert«, hörte ich die Sprechstundenhilfe zetern.

Frau Mohntaler stand auf. »Hat mich sehr gefreut«, sagte sie hoheitsvoll.

»Mich auch«, sagte ich und sah ihr nach. Ihr Po zitterte ein wenig beim Gehen. Als ich mich wieder umwandte, sah ich auf der zurückgelassenen Zeitschrift ihre E-Card liegen. Dr. Elisabeth Mohntaler, 120471. Einundvierzig also. Ich legte meine Hand darauf und ließ die Karte in meiner Hosentasche verschwinden. Die restliche Wartezeit verbrachte ich mit einer Zeitschrift, in der noninvasive Operationstechniken gepriesen wurden.

Die halblauten Gespräche der bang Wartenden wurden von einem lautstark gebellten »Herr Kant bitte« unterbrochen, woraufhin sich mir alle Blicke zuwandten. Eine große, dürre Assistentin mit verkniffenem Mund und einem Schild, auf dem »Schwester Marianne« stand, führte mich in einen Raum mit einer Liege und befahl mir, meinen Oberkörper freizumachen und mich hinzulegen. Dann positionierte sie Elektroden mit Saugknöpfen auf meiner Brust, riss sie unsanft wieder herunter und brachte sie einige Millimeter daneben wieder an. Das produzierte rote Abdrücke, die wie Knutschflecken aussahen. Ihr nach Küchengewürzen riechender strenger Haarknoten schaukelte über mir. Herrin Marianne. Vielleicht könnte ich das Frau Amras verrechnen? Opfer der Wissenschaft im Dienste der Wahrheit. Sonderbonus.

Doktor Koch saß mir an einem kleinen Schreibtisch gegenüber und sortierte die Ausdrucke meiner

Testresultate. Er trug einen falsch geknöpften weißen Mantel und eine kleine Brille, die auf der Nasenspitze ruhte. Sein graues Haar wirkte ungekämmt. Eine ruhige medizinische Kompetenz strahlte von ihm aus. Die Welt außerhalb seiner Praxis schien ihm egal zu sein, vor allem die des Wartezimmers.

Er nahm mir die Mühe ab, einen Vorwand zu suchen. »Sie wohnen im selben Haus wie der verstorbene Herr Richter«, verkündete er. »Der war auch mein Patient.«

»Da haben Sie ja schnell Ersatz gefunden«, sagte ich.

Doktor Koch lachte laut auf. »Keine Sorge, an mir ist er nicht gestorben. Schieben Sie das Hemd hoch.« Er stand auf und begann mich abzuhorchen.

»Ich wohne sogar in derselben Wohnung. Woran ist er denn gestorben?«, gab ich mich unwissend und hielt mein Hemd empor.

Er ignorierte mich. »Hatten Sie Probleme in letzter Zeit? Ist Ihre Frau davongelaufen? Stress im Job?«, fragte er.

Ich klärte ihn über meine Situation auf. Kein Job, kein Stress.

»Bei der Polizei waren Sie? Das erklärt die Fragerei.« Das Stethoskop wanderte meinen Rücken hinauf.

»Nachwirkungen meiner beruflichen Neugier«, sagte ich. »Entschuldigen Sie.«

Doktor Koch seufzte und taute informationstechnisch auf. »Es war ein Unfall. Genickbruch. In der Küche hingefallen.« Fachgespräch unter Profis. »Tief atmen.«

Ich atmete tief. »Einfach so? Oder war er betrunken?«

»Sicher nicht. Der ist trocken gewesen. Seit ein paar Jahren schon. Früher, ja, da war's eine Katastrophe. Das war ortsbekannt. Seit ich ihm genau erklärt habe, was mit der Leber so passiert, hat er sich aber zurückgehalten.«

Keine Schweigepflicht für Tote. »Hatte er sonst irgendwelche Leiden?«, fragte ich.

Er setzte sich wieder und rückte seine Brille zurecht. »Rauchen Sie?«

»Nein.«

»Sehr brav«, sagte Doktor Koch und tippte etwas in seinen Computer. »Nein, der Richter war immer gesund. Und recht fit für sein Alter, muss ich sagen. Bei der Totenbeschau habe ich nichts Ungewöhnliches entdeckt. Obduktion gab es keine. Obwohl ich seine Leber gern gesehen hätte. Aber das macht ohnehin die Gerichtsmedizin und nicht ich. Manchmal hat man eben Pech. Sie können sich wieder anziehen.« Er nahm seine Brille ab, warf sie nachlässig auf einen Stapel medizinischer Fachjournale und schwang sich auf dem Drehsessel zu mir. »Haben Sie jemand erschossen? Ist auf Sie geschossen worden? Etwas dergleichen?«

»Im letzten Jahr nicht«, räumte ich ein.

»Also auch kein posttraumatischer Stress. Dann kann ich mir Ihre Brustschmerzen nicht erklären. Für mich sind Sie jedenfalls kerngesund. Gehen Sie spazieren, suchen Sie sich eine Beschäftigung. Ich würde mir keine Sorgen machen.« Er kritzelte etwas auf einen Zettel und reichte ihn mir. »Willkommen in Kurzkirchen übrigens. Geben Sie das meiner Frau draußen.«

*

Erleichtert darüber, dass meine vorgetäuschten Beschwerden nichts Ernstes waren, schlenderte ich über den Marktplatz nach Hause. Graue Wolken türmten sich am Himmel, bis jetzt war es aber trocken geblieben. Ich freute mich schon auf den Geruch des nassen Asphalts. Quer über zwei Bewohnerparkplätzen vor meinem Haus stand ein lehmbespritztes Auto der Telekom. Mein weißhaariger Nachbar fiel mir ein und ich mutmaßte, dass das Zweitwichtigste nach dem Putzen wahrscheinlich die Parkplätze waren.

Ich fing den Techniker im Stiegenhaus ab und lotste ihn in meine Wohnung. Er montierte eine neue Anschlussdose und ging wieder. Ich beschloss, mir ein spätes Frühstück zu zaubern und machte mich nach einem Blick in den Kühlschrank auf den Weg zum Unimarkt.

Der vierschrötige unrasierte Kerl, der vor mir an der Wursttheke drangekommen war, hatte kein Sackerl genommen. Er balancierte die vier Leberkässemmeln mit Ketchup und Mayonnaise samt Bierdosen vor seiner Brust und ging dabei sehr langsam. Die automatische Schiebetür war zu schmal zum Überholen. Ich befand mich im Leberkäse-Kielwasser und hielt die Luft an. Die Geruchsbelästigung stieg in einen kleinen alten Peugeot mit zwei High-Tech-Magnetantennen auf dem Dach. Die sollten wohl die vielen Dellen und Kratzer wettmachen. Der Fahrer glotzte an einem Navigationsgerät mit Saugfuß vorbei. Ich sah die beiden die Einkäufe aufteilen und registrierte automatisch das Kennzeichen. Es stammte aus Polen und begann mit OK. Früher hatten wir immer darüber gewitzelt, dass sich die Organisierte Kriminalität eigene Nummerntafeln zugelegt hatte.

Zu Hause machte ich Schinken mit Eiern und frischen Kaffee. Ermitteln macht hungrig. Nach zwei Anrufen bei der Hotline schaffte ich es, eine Internetverbindung herzustellen. In einem Online-Telefonbuch tippte ich die Nummer des gestrigen Anrufers ein und hoffte, dass sie registriert war. Ich hatte Glück. Der Anschluss gehörte der Füllhorn Wettcafé GmbH in Linz. Rasante Vorteilswetten in gemütlicher Atmosphäre. Werftweg 10.

Was wollte ein Wettcafé von den Nachfahren des verstorbenen Franz Richter? Schulden eintreiben? Hatte Richter seine Pension im Wettcafé verzockt? Ich klickte auf »Route planen«.

Der Motor sprang erst beim zweiten Versuch an. Hoffentlich war das kein Omen für den Fall Richter, wie ich meine Mission bereits nannte. In Linz verließ ich die Autobahn und fuhr nach Osten. Nach einer abrupten Kurve wurde die Hafenstraße zur Industriezeile. Eine grelle Reklametafel wies den Weg zum Nightclub Splendid. Nur hundert Meter, diskrete Parkplätze, ständig neue Mädchen. Ich bog in den Werftweg ein und wich einem Mopedauto aus, das in der Mitte der Fahrbahn dahintuckerte.

Auf einer enorm großen Grünfläche standen ungefähr zwanzig winzige alte Häuschen, die alle gleich aussahen. Dazwischen hohe Bäume, Büsche, Sandkisten und Sitzbänke. Keine Zäune. Als hätte jemand Puppenhäuschen auf einem Golfrasen verteilt. Ein struppiger Hund ohne Leine lief von einem Baum zum nächsten und schnupperte. Ein Mann in grünen Knickerbockern und weißen Strümpfen schlurfte hinterher. Ich sah bereits Abrissbagger und geldzählende Spekulanten vor mir.

Am Ende des Werftweges war ein schmutziger Plattenbau aus den siebziger Jahren. Im ersten Stock stand eine Frau auf einem Balkon und rauchte. Unter ihr befanden sich eine Trafik, ein Hundepflegesalon und das Wettcafé. Ich parkte und ging im beginnenden Nieselregen zum Eingang. Zwei große Schaufenster waren mit schwarzer Folie beklebt. Einzelne goldene Buchstaben bildeten darauf in ungleichmäßigen Abständen den Namen »Füllhorn«.

Als ich eintrat, wurde das Versprechen von Düsternis und Sauerstoffarmut prompt eingelöst. So stellte ich mir die Notbeleuchtung nach einem Triebwerksausfall vor. Es roch nach Zigarettenrauch und warmem Staub alter Elektrogeräte. Ich war der einzige Gast. Im vorderen Teil des Lokals standen kleine quadratische

Tische mit unbequem aussehenden Stahlrohrstühlen und vollen Aschenbechern. An den Wänden hingen Poster mit Fußballszenen. Durch einen Perlenvorhang drang aus einem Nebenraum der Schimmer von Automatenbildschirmen. Alle paar Sekunden ertönte eine laute elektronische Tonfolge. Tropfenfolter.

Ich setzte mich auf einen rot bezogenen Hocker an der Bar. Auf kleinen Röhrenfernsehern über den Flaschensortiments wurden Ergebnislisten angezeigt.

Eine karottenfarbig gebräunte Kellnerin trat zu mir und fragte mich, was ich gerne hätte. Sie war Anfang zwanzig und hatte bereits tiefe Linien um Mundwinkel und Augen. Die Haut um ihr Nasenpiercing war entzündet. Sie trug ein blaues T-Shirt über einer zu engen schwarz glänzenden Gymnastikhose und einen Gürtel mit Geldtasche und Schreibblock. Problemzonenhilfeschrei.

»Die Super-Triplechance-Kombination haben wir heute im Angebot«, leierte sie herunter. »Auch während der Livephase noch möglich.«

Ich hatte keine Ahnung, wovon sie sprach. »Für welches Spiel denn?«, sagte ich.

Sie seufzte laut. »Für alle natürlich.«

»Erst einen Espresso, bitte«, sagte ich und bereute es im selben Augenblick, in dem ich die kleine Haushaltskaffeemaschine sah.

Als sie die Tasse hinstellte, verlor der zu große Löffel das Gleichgewicht und fiel klappernd auf die Theke. Sie wandte sich von mir ab und tippte auf ihrem Handy.

Ich tat es ihr gleich und wählte die Nummer des Anrufers von gestern. Gedämpftes Gedudel drang aus dem Durchgang zum WC. Eine Männerstimme sagte: *»Ja?«*

»Kundschaft«, sagte ich. »Rauskommen.«

Eine Tür fiel quietschend zu und ein Mann mit Kinnbart und spärlichem Haar erschien. Er war bleich, trug eine randlose Brille und hatte ein Schnurlostelefon in der Hand. Sein oranges T-Shirt mit der Aufschrift »Los geht's« hing über zu großen Jeans.

Ich winkte mit meinem Telefon.

»Sehr witzig«, sagte er und schüttelte den Kopf. »Was wollen Sie? Ich bin der Besitzer.«

Dieselbe Stimme. »Sie haben mich gestern angerufen«, sagte ich.

»Was?«

»Sie wollten Ihr Geld.«

Er sah mich ein paar Sekunden an und rief dann: »Werner.«

Türenknallen. Eilige Schritte wurden lauter. Ein massiger Mann mit kurzen rotblonden Haaren hetzte aus dem WC-Gang und stürmte auf mich zu. Er war fast so groß wie ich, hatte aber mindestens den doppelten Umfang und roch nach Bier.

»Ich werd dir helfen, Burscherl«, presste er heiser hervor. Sein mit roten Bartstoppeln bedecktes Doppelkinn zitterte. Er trug einen goldenen Ohrring und flauschige Koteletten. Obwohl er noch gar nicht Hand an mich gelegt hatte, schwitzte er bereits.

Der Cafébesitzer hatte sich in den hintersten Winkel zu den Schnapsflaschen zurückgezogen. »Nicht gegen die Bar, Werner«, rief er.

Werner griff nach mir und holte mit dem Fuß aus.

Ich machte einen Schritt zur Seite und trat von hinten in die Kniekehle seines Standbeins. Gleichzeitig stieß ich ihn mit beiden Händen unter seiner rechten Achsel von mir weg. Ich legte mein ganzes Gewicht in den Stoß. Er fiel um wie ein Sendemast, dessen Abspannseile gekappt worden waren. Sein Kopf krachte wuchtig gegen einen Aschenbecher auf einer Tischecke. Samt Zuckerstreuer und Tisch schlug er auf dem Boden auf und blieb reglos liegen. Noninvasiv.

Der Cafébesitzer riss die Augen auf. Die Kellnerin ließ ihr Handy fallen. Beide starrten.

Ich vergewisserte mich, dass niemand plötzlich eine Schrotflinte in der Hand hielt und beugte mich zu Werner. Er war bewusstlos, atmete aber. Aus dem Hosenbund seiner akkordeonfaltigen Jeans ragte der Griff einer Stahlrute. Ich steckte sie ein und durchsuchte ihn. Keine weiteren Waffen. Ich ging zum Cafébesitzer und lehnte mich auf die Theke. »Nicht gerade eine Spitzenkraft«, sagte ich. »Warum haben Sie mich angerufen?«

Er blickte von mir zu Werner und schluckte. »Ja, ich weiß nicht. Wer sind Sie überhaupt?«

Die Kellnerin leerte Eiswürfel auf ein Küchentuch und drehte es mit geübten Bewegungen zu einem Beutel. Dann hockte sie sich auf den brandlochübersäten Filzboden und drückte Werner das Eis gegen den Kopf. Reine Routine.

»Mein Name ist Kant.«

»Ich habe Sie nicht angerufen«, sagte er.

»Richter«, sagte ich.

In seinen Augen leuchtete Erkennen. »Ah soo …«, sagte er gedehnt. »Sind Sie verwandt mit dem?«

»Nein. Ich wohne jetzt in seiner Wohnung, weil er ja herausgestorben ist. Ich bin nur neugierig.«

»Ja, dann.« Er wirkte erleichtert, aber unsicher.

Ich zog meine Augenbrauen hoch und machte beschleunigende Bewegungen mit einer Hand.

»Naja, die Sache ist die …« Er sah an mir vorbei, ob nicht Werner schon wieder einsatzbereit war.

Der schnaufte und stöhnte. Die Kellnerin warf mir anklagende Blicke zu.

»Ja?«, sagte ich und richtete mich auf. Nicht bedrohlich, aber bereit.

»Der Richter war oft hier«, sagte der Cafébesitzer schnell. »Und dann habe ich auf einmal seine Todesanzeige in der Zeitung gelesen.«

»Besser als der Sportteil, was?«, sagte ich und schob meinen grauslichen Espresso weg.

»Ja. Nein. Ab und zu probier ich halt, dass ich Hinterbliebene anrufe und schau, ob da was geht.«

»Ob was geht?«

»Ja wegen Wettschulden vielleicht.« Er zupfte an einem Ohr. »Oder wegen der bestellten Pornohefte.«

Ich wusste, was er meinte. Er studierte Todesanzeigen, klapperte die Nachkommen ab und behauptete, der Verstorbene habe bei ihm Pornos bestellt, aber nicht bezahlt. Kinder, Tiere, Fäkalfantasien. Je ekeliger, desto seltener riskierte jemand Krawall deswegen.

»Und die zahlen natürlich gleich, damit der liebe Tote nicht verunglimpft wird.«

»Genau«, sagte er. »Und wie ich die Anzeige vom Richter gelesen habe, hab ich mir gedacht, he, den kenn ich ja sogar. Da geht es leichter. Entschuldigen Sie, ich wollte Ihnen wirklich nicht zu nahetreten.« Er nahm einen schmuddeligen Lappen und wischte ineffizient auf der Theke herum.

»Und das Nilpferd da?« Ich zeigte mit einem Daumen auf Werner, der jetzt aufrecht auf dem Boden saß. Die Kellnerin stützte ihn.

»Wir werden ja dauernd überfallen«, sagte der Cafébesitzer weinerlich.

Und falls aufgebrachte Pornoheftkunden kamen, war Werner auch nützlich.

Die Tür ging auf und blendendes Tageslicht flutete ins Lokal. Ein hoch aufgeschossener dünner Junge mit einer Baseballkappe über kurz geschorenem Haar trat ein. Kapuzensweater mit zu kurzen Ärmeln, tief hängende graue Hose, die die Beine schlotternd umspielte. Die Hosenbeine waren so lang, dass er mit seinen Converse ständig drauftat.

»Hallo Enrico«, murmelte der Cafébesitzer.

»War der Werner wieder zum Falschen goschert?«,

sagte Enrico, nicht im Mindesten verstört. »Unser Menschenkenner.« Er verschwand hinter dem Perlenvorhang.

Ich hörte, wie Münzen eingeworfen wurden.

»Wann war denn Richter hier?«, sagte ich.

»Fast jede Woche ein-, zweimal. Am Nachmittag. Hat gewettet, ein bisschen was getrunken und die Spiele verfolgt.« Er nickte zu einem Flachbildfernseher, der über den Tischen montiert war. »Guter Kunde.«

»Hat er jemand Geld geschuldet? Hoch gewettet?«

»Nein, nicht dass ich wüsste. Warum … », sagte er.

»Kennen Sie Freunde oder Bekannte von ihm?«

Kopfschütteln. »Er war immer allein hier.«

»Irgendetwas Außergewöhnliches? Hat er Feinde gehabt?«

»Nein, nicht dass ich …« Seine Züge hellten sich auf und er zeigte zum Automatenseparee. »Vielleicht weiß der Enrico was. Mit dem hat er öfter geredet.«

»Was schlucken die Automaten?«, sagte ich.

Er gab mir eine Handvoll Ein-Euro-Stücke aus der Kassenlade. »Geht aufs Haus.«

»Ich hab so Kopfweh, Gabi«, sagte Werner.

Ich ging in den Nebenraum und deponierte die Münzen auf einem Spielautomaten neben Enrico. Die Gerätebildschirme waren die einzige Beleuchtung. Enrico hatte Sicherheitsnadeln in beiden Wangen, Tattoos auf dem Hals und Schmuck, der seine Ohrläppchen ausdehnte. Ich fühlte mich an eine Afrika-Dokumentation erinnert. Es hupte und auf seinem Bildschirm blinkte »Insert coin«.

Er kramte in seiner Hosentasche und sagte leise: »Geh, scheiße.«

»Hier.« Ich zeigte auf meinen Eurohaufen.

Ohne zu zögern griff er sich ein paar Münzen und warf sie ein.

Ich sah ihm beim Spielen zu. Nach ein paar Sekunden erklang ein Trauermarsch und Enrico klopfte mit der flachen Hand auf das Gerät, als wolle er ihm eine Ohrfeige geben.

»Bist von der Polizei?«, fragte er und drehte sich zu mir.

»Nein«, sagte ich.

»Warum fragen Sie dann so viel wegen dem Richter? Der ist doch tot.«

Trotz des Schmuckes gute Ohren. »Ich drehe den ersten Teil der Richter-Saga.«

»Was?«

»Mit Tom Cruise«, sagte ich.

Er sah mich mitleidig an. »Das mit dem Werner waren Sie.«

»Notwehr«, sagte ich.

»Ja, sicher.« Enrico grinste. »Der Klaus mit seinem linken Erbenschmäh. Da brauchst natürlich einen Bodyguard.« Er hob seine Kappe und strich sich umständlich die Haare glatt.

»Hast du ihn gekannt?«

Er wiegte den Kopf. »Nicht richtig. Hat mir öfter

was geborgt. Mit der Sozialhilfe komm ich nämlich nicht weit.« Behutsam setzte er die Kappe wieder auf. »Der Richter Franz war ganz okay. Für einen alten Sack jedenfalls.«

Die elektronische Melodie fing wieder an. Gut, dass meine Pistole bei Bettina im Safe lag. Ich würde sonst auf die Automaten schießen.

»Auf das, was Sie den Klaus gefragt haben, weiß ich auch keine Antwort. Aber einmal hat er gesagt, sein Geld bringt ihm die Michaela.«

»Wer ist die Michaela?«

Er breitete die Arme aus und zuckte mit den Achseln. »Weiß ich nicht. Zuhälter war er aber sicher keiner.«

»Wann war das?«

»Sicher schon ein Jahr her.«

»Was hat er noch erzählt?«

»Dass er in der Gegend hier gearbeitet hat. In einer Farbenhandlung. Die gibt's längst nicht mehr. Und im Anker vorn haben sie sich immer getroffen, seine früheren Kollegen und er. Aber die sind nach und nach gestorben, hat er gesagt.«

»Hast du ihn einmal in Begleitung gesehen? Frauen?«

»Immer nur solo. Und ich soll was arbeiten. Eine Lehre machen. Oder eine Schule.«

»Wahrscheinlich ein guter Tipp«, sagte ich.

Er lachte. »Geh, Alter! Zu was denn?«

»Danke, Enrico.« Ich verließ den Automatenraum und ging zur Tür.

»He, Ihr Geld«, rief er mir nach.

Ich winkte ab. »Geht aufs Haus«, sagte ich.

*

Hinter den schmiedeeisernen Zaunelementen wucherten Hecken, die den großen Garten vor neugierigen Blicken verbargen. Ich wartete vor Elisabeth Mohntalers Tür und betrachtete das Anwesen. Groß und wohlgepflegt, wie die Besitzerin. Das Haus lag zehn Minuten Autofahrt von meiner Wohnung entfernt am Ende einer Sackgasse. Nicht abgelegen, aber dennoch diskret. Mein Auto parkte in der kopfsteingepflasterten Einfahrt neben einem sehr sauberen Audi Cabrio.

Ich hatte ihre Telefonnummer und Adresse nachgeschlagen und ihr angeboten, die E-Card vorbeizubringen. Ihrem Tonfall nach hatte ich sie zu lange auf meinen Anruf warten lassen. Ich hatte keine klare Vorstellung davon, was ich hier machte. Ein unbewusstes Drängen hatte mich dazu gebracht, mir ihre E-Card unter den Nagel zu reißen.

Der Türöffner summte. Elisabeth Mohntaler kam mir barfuß entgegen und begrüßte mich herzlich. Sie trug eine dunkelgrüne, enge Jogginghose und einen Sweater mit Reißverschluss. Ein Gummiband bändigte ihr Haar zu einem Pferdeschwanz. Lieblicher Parfumduft, kein Make-up. Auf den ersten Blick wirkte ihr Outfit zwar burschikos und einfach, es brachte ihre Reize aber wie mit einem Bühnenscheinwerfer zur Geltung.

»Entschuldigen Sie mein Aussehen«, sagte sie. »Ich habe gerade im Wintergarten sauber gemacht.«

»Sie sehen aus wie kurz vor einem Fotoshooting.«

»Finden Sie? Danke.« Sie lächelte und führte mich durch einen großen Vorraum mit hüfthohen Vasen und langen Schilfstengeln darin. Hinter einem Torbogen sah ich viele Pflanzen und eine Rattanliege. Zeitschriften und Bücher lagen auf dem Steinboden.

Das Wohnzimmer war großzügig und geschmackvoll eingerichtet. Schlichte Möbel aus erlesenen Hölzern, volle Bücherregale, polierte Dielen. Lediglich ein mit Papierstapeln bedeckter großer Sekretär wirkte verschnörkelt und verspielt und sah aus, als könne er Museumskuratorenherzen höher schlagen lassen. Aber erst Elisabeth Mohntalers Präsenz verlieh dem Ganzen eine Vollständigkeit, als wäre bereits beim Kauf alles auf ihren Rotschopf abgestimmt worden.

Ich hielt ihr die E-Card hin, um gleich meinen Besuchsvorwand anzubringen.

»Vielen Dank«, sagte sie. »Das ist wirklich sehr nett von Ihnen. Ich bin etwas schusselig in letzter Zeit.« Sie wand mir die Karte so bedachtsam aus der Hand wie ein Hochseeangler den Haken aus einem zur Strecke gebrachten Barrakuda. Dann legte sie sie auf den Sekretär. »Bitte setzen Sie sich.« Sie wies mir einen Platz auf einem großen Sofa an.

Ich saß voll ausgeleuchtet dem großen Fenster

gegenüber und war ihren prüfenden Blicken preisgegeben. Der Couchtisch war mit juristischen Fachjournalen und Büchern übersät. Zwei halbmondförmige Lesebrillen lagen obendrauf. Kein Stäubchen in Sicht. Keine Anzeichen für weitere Bewohner.

»Kaffee?«, fragte sie.

»Gern. Schwarz, bitte.«

Sie servierte und ließ sich auf der anderen Tischseite nieder. Für sich hatte sie nichts mitgebracht. Sie zog ein Bein unter ihren Schoß. Stoff scheuerte auf dem Sofaleder.

Der Kaffee schmeckte so hervorragend, wie er duftete. »Ausgezeichnet«, sagte ich. »Mein Kompliment.«

Sie lachte und griff sich kontrollierend an den Haargummi. »Danke. Aber ich fürchte, ich bin keine gute Hausfrau. Den Kaffee macht die Maschine, ich drücke nur auf den Knopf und fülle nach. Ich beschäftige eine Putzfrau und einen Gärtner.«

»Sind Sie Juristin?« Ich zeigte auf die herumliegenden Fachjournale und Bücher.

»Ich bin Richterin für Zivilsachen am Landesgericht.« Sie zog auch das zweite Bein unter ihren Schoß und sah zufrieden zum Wintergarten.

Meine Wertschätzung für die Justiz stieg augenblicklich. Früher hatte ich mich nur über zu niedrige Strafen geärgert. »Schönes Haus«, sagte ich.

»Danke. Das hat mir mein Exmann hinterlassen.«

Ex. Schön zu hören. Aber noch ein Toter? Ich stellte

die Tasse ab. »Er ist verstorben?«, fragte ich. »Tut mir leid.«

»Leider nur geschieden«, sagte sie.

Das zweitbeste Resultat.

»Ich habe das meiste rausgeworfen, alles ausmalen lassen und neue Möbel gekauft«, sagte sie. »Meine Freundinnen hatten mir sogar zu einem Exorzisten geraten.« Sie zog die Sweaterärmel hoch und streichelte ihre weiße Haut. »Er stellt Verpackungen her. Papiersäckchen, bedrucktes Einwickelpapier fürs Gebäck, so was alles. Sehr lukrativ. Das Geschäft und die Sekretärinnen haben ihn immer mehr interessiert als ich.«

»Kaum zu glauben«, sagte ich aufrichtig und schüttelte den Kopf. »Bei einer so attraktiven Frau.« Was für ein Idiot.

»Vielleicht waren die knuspriger als ich«, sagte sie.

»Völlig unmöglich. Sie haben eine Figur als bewohnten Sie ein Fitnesscenter.«

»Ich finde mich ja etwas zu üppig«, sagte sie, griff nach einer Lesebrille und klappte sie auf und wieder zu.

»Machen Sie sich keine Sorgen. Alles perfekt«, sagte ich und betrachtete sie ein wenig zu lange. »Wenn ich das so sagen darf«, fügte ich rasch hinzu.

»Schmeicheln können Sie, was?«, sagte sie lachend.

»Sie scheinen die Scheidung finanziell gut hinter sich gebracht zu haben«, sagte ich.

Sie grinste maliziös. »Einer der Vorteile meines Berufs.«

Das arme Schwein hatte also keine Chance gehabt.

»Was ist mit Ihnen, wo kommen Sie her?«, fragte sie und umfasste ihre Knie.

Ich erzählte bereitwillig. Bundesheer, Polizeischule, Dienst in Wien, der Offizierskurs. Drei Jahre in Linz und dann wieder nach Wien. Meine derzeitige Situation. Ich sah in die Kaffeetasse. Hatte sie mir ein Quäntchen Zungenlöser hineingemischt? Sonst war ich nie so gesprächig.

Sie betrachtete mich wie eine frisch ersteigerte Neuerwerbung und rückte sich zurecht. Plötzlich fiel ihr Sweater auseinander und gab ein Trikot frei, das sich wie eine zweite Haut an ihren Oberkörper schmiegte. Kein BH.

Mitten im Wort versiegte mein Redefluss. Ich wagte kaum, zu atmen. Cinemascope.

Sie strich unschuldig lächelnd eine Haarsträhne aus der Stirn und genoss den erzielten Effekt.

Ich spürte ein Kribbeln. Durch ein offenes Fenster irgendwo im Haus drangen Vogelstimmen. Aus dem Wintergarten war leises Brunnengeplätscher zu hören. Eine Uhr tickte. Es würde mich nicht wundern, wenn draußen schon zehn Jahre vergangen wären.

Verdammt, der Salsa-Abend. Ich tauchte aus meinem Trancezustand auf und sah auf die Uhr. Fast sechs. Ich musste mich noch umziehen. Bettina stand vermutlich schon vor meiner Wohnung und wunderte sich, wo ich blieb. Ich seufzte und trank den Kaffee aus. End-of-text-Signal.

Elisabeth Mohntaler verstand. Wir erhoben uns.

»Ich möchte mich fürs Vorbeibringen bedanken«, sagte sie. »Haben Sie am Samstag Zeit?« Sie legte ihre Hand sacht auf meinen Oberarm und sah mich an. »Darf ich Sie ins Theater einladen?« Ihr Atem roch nach Minze. »Als kleine Belohnung?«

Auf diese Weise durfte sie mich auch zum Zahnarzt einladen. »Gern«, brachte ich heraus. »Das wäre nett.«

»Ich rufe Sie noch an«, sagte sie mit einem Glimmen in den Augen.

»Ich freue mich«, sagte ich. Theater. Naja.

Sie begleitete mich zur Tür.

*

»Die Sitzerei in der Versicherung hat dich nicht gerade geschmeidiger gemacht«, nörgelte Bettina und zerrte mich an sich, weil ich wieder aus dem Takt geraten war.

»Schließlich bin ich ja auch Anfänger.« Ich versuchte die dröhnenden Salsa-Rhythmen zu übertönen und mich an die Schrittfolge zu erinnern. Ihr eigens für die Gelegenheit angeschafftes Röckchen tat ein Übriges, mich zu verwirren. Die Ärmel meines taillierten weißen Hemds hatte ich aufgekrempelt, mein Jackett lag auf einer kleinen Bank an der Wand. Schmutzstreifen überzogen meine schwarzen Lederschuhe an den Stellen, wo mir Bettina draufgetreten war.

Ein Salsa-Club hatte die Veranstaltung in einer

Tanzschule organisiert. Komplett mit Mojito-Bar und kubanischen Stimmungsmacherinnen. Außer uns tummelten sich noch fünf andere Pärchen im selben Altersspektrum auf dem Parkett. Der Rest war schon zu den Drinks abgewandert. Die männlichen Hälften blickten mit fortschreitendem Abend zunehmend verzweifelter um sich. Unsere Instruktorin beobachtete das konfuse Treiben und griff ein, wo es nötig war. Der ehrwürdige Tanzschulsaal war mit einer Schiebewand geteilt, die bis zur stuckverzierten Decke reichte. Auf der anderen Seite schwitzten die Fortgeschrittenen. Würzige, kühle Nachtluft drang durch zwei geöffnete Flügel der alten Holzfenster und verdünnte die geballten Parfumwolken. Dunkle Gartengewächse wiegten sich draußen im Viervierteltakt.

Tanzschulanrainerproteste müssten rein statistisch häufiger vorkommen als Widerstände gegen Startbahnerweiterungen, überlegte ich.

Eine stämmige Frau in einem kurzen roten Kleid winkte mir zu. Ich winkte zurück und lächelte verbindlich, während ich in meinen Erinnerungen wühlte. Kannte ich die? Ich sah noch einmal zu ihr. Rita? Das war schon einige Jahre her. Damals war sie rank und schlank gewesen.

»Wer war denn das?«, fragte Bettina spitz.

»Eine Bekannte aus meiner Linzer Kripozeit«, sagte ich. Rückwärtsmetamorphose. Vom zarten Schmetterling zur Raupe.

»Eine Bauchtänzerin?«, sagte Bettina zu laut.

Den Rest der Nummer sandte uns Rita Todesblicke. Ihr Partner bekam von alledem nichts mit und bemühte sich redlich.

In der Pause strömten auch die restlichen Tänzer ein Stockwerk tiefer an die Bar. Ich war ausgedörrt und orderte Orangensaft mit Mineralwasser. Die anderen Salsa-Tänzerinnen sahen sich grimmig nach besseren Tanzpartnern um und Bettina hielt mich stolz fest.

»Ach, jetzt bin ich dir wieder elastisch genug, wie?«, bemerkte ich und drehte uns etwas, damit so viele wie möglich die tolle Frau an meiner Seite sehen konnten.

Sie boxte mich in die Schulter. »Niemand elastischer als du, Latin Lover.« Bettina betrachtete aufmerksam die Menge. »Ist das nicht Poldi?«

Ich folgte ihren Blicken. Groß, schlank, lichtes Haar. Tatsächlich. Poldi Bauer. In einem glänzenden Rüschenhemd und knapper Hose. Wir kannten uns seit der Bundesheerzeit und hatten gemeinsam mit der Polizeischule begonnen. Die lockige Rothaarige, die zu ihm aufsah, war Susi, seine langjährige Freundin.

»Bei den Fortgeschrittenen«, entfuhr es Bettina ehrfürchtig.

»Der wurde also auch gezwungen«, strapazierte ich mein Glück.

Poldi erkannte uns und die beiden strebten ebenfalls zur Bar.

Ich grinste ihm breit entgegen. »Hübsches Hemd.« Wir schüttelten uns die Hände.

Poldi machte mit geschmerztem Ausdruck eine Kopfbewegung zu Susi, die bereits mit Bettina die Garderobe der anderen Damen kommentierte. »Du siehst ja wieder richtig lebendig aus«, sagte er. »Kein Vergleich zu dem Todeskampf, als dich das Sicherheitsbüro abserviert hat. Tanzen tut dir gut. Was machst du jetzt so?« Er fixierte mich amüsiert aus Augen, die erkennen ließen, dass er ahnte, dass meine Lebendigkeit nichts mit Tanzen zu tun hatte.

»Geschmeidigkeit ist alles«, sagte ich und berichtete ihm, verschwieg aber Almuth Amras' Auftrag. »Und du? Immer noch beim BVT?«

Das Bundesamt für Verfassungsschutz und Terrorismusbekämpfung. Einer der österreichischen Inlandsgeheimdienste.

»Schnee von gestern. Jetzt Landeskriminalamt, Abteilungsleiter Kriminalpolizeiliche Untersuchung.« Es gelang ihm nicht, seine Genugtuung zu verbergen.

»Respekt, Poldi.«

»Chefinspektor Poldi, wenn ich bitten darf.« Er überreichte mir eine Karte. »Die herrschende Meinung hier ist übrigens, dass die Häuptlinge besser Schnellwuchs feuern hätten sollen und nicht dich.«

Ich hatte immer wieder in Linz und dem Rest des Landes zu tun gehabt und kannte die meisten Kollegen hier. Verbrecher hielten sich nicht an Verwaltungsgrenzen.

»Reden wir einmal?«, sagte er ernst.

Ich nickte und sagte, ich würde ihn anrufen.

»Poldi hat recht, gut schaust du aus«, flötete Susi und wandte sich uns zu. »Wie auf dem Kalender, nur halt angezogen.« Sie lächelte. »Hast deinen Brutalitätsopfern eigentlich ein Exemplar geschickt? Als kleine Wiedergutmachung?«

Susi Meier, Vertriebsleiterin einer Firma für Großküchen und mit Gespür für wunde Punkte.

»Nein, da waren ja schließlich keine Frauen dabei«, sagte ich.

Poldi seufzte entschuldigend. »Das ist Jahre her, Susi«, versuchte er mir beizuspringen. »Und die internen Untersuchungen haben ihn ja auch entlastet.«

»Warum hast eigentlich du beim Kalender nicht mitgemacht, Poldi?«, zog ihn Susi auf. »Wo es doch für die Krebshilfe war?« Sie lächelte unschuldig.

Poldi hatte schon damals gesagt, dass das karrieretechnisch ein Blödsinn sei und er nicht mitmache. Der Rest unseres Cobra-Ausbildungskurses, mich eingeschlossen, hatte keine solchen Bedenken, zog sich aus und ließ sich ablichten. Wir waren eitle Burschen. In Schwarz-Weiß. Die hastige Ausrede, dass der Erlös für die Krebshilfe bestimmt war – immerhin auf meinem Mist gewachsen – hatte uns damals natürlich keiner geglaubt. Nach der Veröffentlichung des Kalenders wurde ein Exempel statuiert und der Kurs abgebrochen. Alle Models wurden auf Wachzimmer verteilt und durften wieder gewöhnlichen Streifendienst verrichten. Das Ansehen der Polizei habe dadurch gelitten.

Ein lauter Gong ertönte und erlöste Poldi. Die Menge begann sich zu zerstreuen.

»Weiter geht's. Numquam retro«, proklamierte er den Wahlspruch unserer Einheit beim Bundesheer. Niemals zurück.

3

Ich bremste ab und bog auf den weitläufigen Parkplatz des Autohauses ein. Hinter mehreren Reihen blank geputzter Gebrauchtwagen sah ich Almuth Amras in einem beigen Kleid mit dazu passender Handtasche. Die Dame musste mit Schrankkoffern reisen. Ich trug Jeans und T-Shirt. Ich stieg aus und begrüßte sie.

An einigen Körperstellen spürte ich einen salsainduzierten Muskelkater. Bettina war mit dem Verlauf des Abends sehr zufrieden gewesen. Almuth Amras hatte heute früh angerufen und gesagt, dass das Auto ihres Vaters verkauft werden würde. Der Notar hatte es auf dem Parkplatz eines großen Autohändlers abstellen lassen. Ob ich es durchsuchen wolle. Ich wollte.

Sie sah verstohlen auf meine Oberarme, gab mir den Schlüssel und zeigte auf einen silbernen E-Klasse-Mercedes der aktuellen Baureihe. Er war abseits zwischen einem Altstoffcontainer und einem Wrack ohne Räder geparkt.

Ein bisschen überdimensioniert für einen Pensionisten, dachte ich und spannte meine Muskeln stärker an, als es für das Heben des Autoschlüssels notwendig war. Die warme Brise trug das Wimmern von Druckluftschraubern, Gehämmer und Benzindämpfe durch die offenen Werkstatttore zu uns.

Frau Amras betrachtete meinen Toyota etwas länger als nötig.

»Hat mich nie im Stich gelassen«, verteidigte ich ihn. »Dreihundertfünfzigtausend Kilometer.«

»Gestern war die Verlassenschaftsabhandlung«, überging sie meine Bemerkung.

Vermutlich dachte sie, ich sollte meinen Wagen gleich hier lassen.

»Mein Bruder wird das Auto verkaufen, das Geld wird aufgeteilt. Ich soll alle persönlichen Dinge ausräumen, aber ich wollte nichts anrühren, bevor Sie es nicht durchsucht haben.«

»Gute Idee. Vielen Dank«, beglückwünschte ich sie. »Hatte Ihr Vater ein Handy?«

»Das weiß ich nicht«, sagte Almuth Amras.

Falls ja, hatten es vermutlich die Wohnungsausräumer schon entsorgt. Oder ihr Bruder.

Ich ging um das Auto herum. Keine Beschädigungen. Die Scheiben funkelten, der Innenraum war staubfrei. Kein Müll, keine persönlichen Dinge in Sicht. Ich setzte mich auf den Fahrersitz. Es roch nach Leder und Autopflegemitteln. Der Tachometer zeigte sechzigtausend Kilometer an. Ich schaltete das Radio ein. Regionalsender mit Volksmusik. Keine CD eingelegt. Keine SD-Karte. Der Anschluss für den USB-Stick leer. Und jetzt das Navi. Immer höchst aufschlussreich. Ich sah auf dem Display, dass die letzte Fahrt von Richters Wohnhaus bis hierher geführt hatte. Sonst waren keine Routen vorhanden.

Richter musste den Speicher gelöscht haben. Enttäuschend.

Im Handschuhfach zwei ungeöffnete Packungen Taschentücher, eine Uhr aus Pappe für die Kurzparkzonen und der Zulassungsschein. Das Fahrzeug war vor nicht ganz einem Jahr angemeldet worden. Als Besitzer war Richter selbst eingetragen, keine Leasingfirma. Ich kramte weiter. Doch noch Müll. Eine abgerissene Serviette mit Werbeaufdruck. Halber Anker, Sonntag Ruhetag. Jemand hatte mit blauem Kugelschreiber »Michaela« daraufgeschrieben.

Die, die ihm sein Geld brachte, wie Enrico erzählt hatte? Ich lehnte mich im komfortablen Sitz zurück und sah Almuth Amras beim Telefonieren zu. Während sie sprach, blickte sie auf den Boden und zeichnete mit einem Fuß Linien auf den Asphalt. Der Rest des Autos war praktisch keimfrei und barg nichts von Interesse. Ich gesellte mich wieder zu meiner Auftraggeberin.

»Haben Sie etwas gefunden?«, fragte sie und klappte ihr Telefon zu.

»Das hier.« Ich zeigte ihr die Serviette. »Sonst nichts. Ist das die Handschrift Ihres Vaters?«

Sie starrte kurz darauf, verzog den Mund zu einem traurigen Lächeln und schüttelte den Kopf. »Ich weiß es wirklich nicht.«

»Kennen Sie jemand namens Michaela? Vielleicht eine Freundin?«

»Nein.« Sie überlegte. »Niemanden. Beim Notar sind auch nur ich und mein Bruder gewesen.«

»Wie hoch ist die Erbschaft?«, fragte ich.

»Ungefähr zwanzigtausend Euro. Und dieses Auto. Finanziell schien es ihm gutzugehen.«

»Was machte Ihr Vater eigentlich beruflich?«

»Er war Verkäufer in einem Farbengeschäft und ging dann in Pension.«

Ein Haufen Kohle und das Fünfzigtausendeuromobil hier. Für einen pensionierten Farbenverkäufer nicht schlecht. Das passte nicht recht zusammen. Warum hatte er den Navispeicher gelöscht?

Ich versprach, sie auf dem Laufenden zu halten und verabschiedete mich.

*

Der Halbe Anker war ein Wirtshaus im Hafen von Linz. Auf einer über der Tür schaukelnden Tafel war tatsächlich ein zerbrochener Anker abgebildet. Zwei uralte Kastanien ragten über das schon etwas heruntergekommene Gebäude und beschatteten den Gastgarten. Dahinter befand sich der Posthof, ein alter Vierkantbauernhof, der renoviert worden und zum Veranstaltungszentrum mutiert war. Rundum waren hässliche Betonklötze herangerückt und sahen auf diese Enklave der Beständigkeit herab.

Ich setzte mich an einen freien Tisch. Weil ich ohnehin hungrig war, verband ich Arbeit und Nahrungsaufnahme. Knapp elf. Noch keine Mittagskundschaft da. Nur zwei bullige Arbeiter in schmutzigen Overalls, die Helme ordentlich auf der Hutablage der Garderobe deponiert. Keine Haftung. Es roch nach angebranntem Käse und dem Aroma von Klosteinen.

Ein dicker kleiner Mann hielt sich an der Schank fest. Wie ein vor Anker liegendes Schiff. Vor ihm stand ein leeres Weinglas. Ab und zu summte er Melodiebruchstücke.

Dunkel gemaserte Eichentische. Bänke und Sessel, in deren Lehnen Herze ausgeschnitten waren. Auf dem zu kleinen, rot-weiß karierten Tischtuch stand ein Gestell mit Bierdeckeln, Salz- und Pfefferstreuer und Maggi Suppenwürze. Ich konnte mich nicht erinnern, wann ich zum letzten Mal Maggi gesehen hatte. Vor den Fenstern hingen grobmaschige Netzvorhänge, die ursprünglich weiß gewesen sein mochten. An der anderen Straßenseite konnte ich ein Hafenbecken sehen. Im Gastgarten zerrte ein Mann leere Plastikkanister aus einem Bretterverschlag und warf sie auf einen Haufen. Auf den Etiketten stand »Punsch – trinkfertig«.

Die Kellnerin fragte mich nach meinen Wünschen. Akzent. Tschechin, dachte ich. Lohnkosten. Ende dreißig, groß und knochig. Bluse, Rock, weiße Schürze. Fersenfreie Kellnerstiefel aus derselben Ära wie Maggi.

Ich bestellte ein Gulasch.

Als sie beim Dicken vorbeiging, sagte sie: »Magst noch Achterl, Helmut?«

»Ein Vierterl«, korrigierte Helmut.

Das Gulasch war ausgezeichnet.

»Hat geschmeckt?«, fragte die Kellnerin, als sie abservierte.

»Ja, sehr gut, vielen Dank«, sagte ich. Auf dem Tresen stand eine große rote Espressomaschine mit einem Bohnenvorratsbehälter daneben. Ich riskierte es. »Einen Verlängerten bitte.« Als sie den Kaffee brachte, fragte ich, ob Michaela da sei.

»Wer ist Michaela?«

»Hat sie heute frei?«, sagte ich unschuldig.

»Ich kenne nicht Michaela. Bin ich seit einem Jahr da. Leider.« Sie sprach langsam und deutlich. Dem Tonfall nach bedauerte sie beide Umstände. »Vor mir war Ilona hier beschäftigt.«

»Vielleicht kennt sie Ihr Kollege an der Bar.« Ich zeigte in Richtung Kaffeemaschine.

»War Wladi da. Auch weg. Niemand …« Sie unterbrach sich und suchte das Wort. »Kein Ersatz«, sagte sie schließlich. »Nur ich.«

»Kennen Sie einen Richter Franz?« Ich zeigte ihr Richters Foto, das ich so gefaltet hatte, dass es nicht offensichtlich war, dass es sich um ein Totenbild handelte.

»Ich weiß nicht«, sagte sie und betrachtete das Foto. »Nein. Polizei?«, fragte sie unbefangen und sah mich an.

»Ein Freund von früher«, sagte ich vage. »Danke.« Auf dem runden Untersetzer stand »Cerul Kaffee«. Ich nippte versuchsweise und stellte die Tasse schnell wieder hin. Widerwillig schluckte ich und wartete darauf, dass meine Magenwände zerstört wurden. Dafür würde ich Gefahrenzulage verrechnen.

»Wenn ich das gewusst hätte …«, sagte Helmut weinerlich vor sich hin. Es klang wie ein einziges Wort. Er nahm einen langen Schluck Rotwein und nestelte ungeschickt an einer zerknautschten Zigarettenpackung. »… hätte ich sie ja nie geheiratet.«

Ich bezahlte, gab zu viel Trinkgeld und ging.

*

Mit jedem Auftreffen meiner Laufschuhe auf der federnden schwarzen Erde des Wanderwegs trat das Gulasch ein wenig mehr in den Hintergrund. Neben mir plätscherte und gluckste der Rauschelbach gemächlich seine vielen Windungen entlang. Es roch nach Tannennadeln und Flusswasser. An Stellen, wo das glasklare Wasser ruhiger war, konnte ich manchmal schlanke schwarze Fische ausmachen, die mühelos im Strom stillstanden.

Ich trug Shorts und ein altes T-Shirt. Reinigender Schweiß lief, meine Muskeln waren warm und ich fühlte mich, als könnte ich endlos so dahinlaufen. Bettinas Sticheleien in Bezug auf etwaige körperliche Unzulänglichkeiten würde ich konsequent die Grundlage entziehen. Ich war zwar noch kein völliges Wrack, aber seit meinem Abschied von der Polizei war das Interesse an Sport stark gesunken. Das änderte ich gerade rapide. Ich hob meine Beine höher und durchquerte mit kurzen Schritten ein breites Labyrinth aus knorrigen Luftwurzeln. Glitzernder weicher Flusssand vom letzten Hochwasser bedeckte den Boden darunter.

Das Tal war mit Findlingen übersät. Zwischen den Bäumen und im Bach lagen Dutzende dieser tonnenschweren Felsbrocken, bedeckt mit tiefgrünem Moos, der Eiszeit aus der Tasche gepurzelt.

Bequemerweise fanden sich an jeder markanten Wegstelle kleine, an Bäume genagelte Täfelchen, auf denen die jeweilige Distanz verzeichnet war. Ich folgte der Route P2, auf der ich mich ganz dem wohltuenden Einfluss des Waldbodenduftes, der durch die Blätter scheinenden Sonne und den gelegentlichen Begegnungen mit neugierigen Joggerinnen überließ.

Am Fuße einer steilen Wand aus aufgetürmten Felsen lag ein einzelner lastwagengroßer Findling. Obendrauf stand ein hoher Baum, der sich mit armdicken Wurzeln festhielt wie ein Kleinkind im Haar seines Vaters. Als wäre er kurz hinaufgestiegen, um besser sehen zu können.

Ich verließ den Weg und stapfte durchs lange Gras darauf zu. Sanfter Modergeruch wechselte mit Pilzdüften und Dill. Ich strich behutsam über das weiche, feuchte Moos und legte meine Hände auf den Fels. Hunderte Millionen Jahre alt. Vielleicht war auch ein Fünkchen Weisheit für mich dabei? Eiszeitstreichelzoo.

Ich brauchte nur aus dem Haus zu gehen und nach ein paar hundert Metern war ich mitten im Paradies. Wie hatte ich es so lange in Wien ausgehalten? Hier grüßten die Leute auf der Straße und hatten unverkniffene Gesichter. In der Früh sagten die Kinder respektvoll Guten Morgen, wenn sie mir auf ihrem Schulweg begegneten. Proper, freundlich, wohlerzogen.

In den Blättern der üppigen Gewächse, die auf Vorsprüngen und in den Spalten der Felswand wucherten, raschelte es.

Ich malte mir aus, auf Dauer hier zu leben. Wäre nicht das Schlechteste. An die kleine Wohnung hatte ich mich längst gewöhnt. Der unverhoffte Job machte mir Spaß. Die Zeit bei der Polizei war nur noch ein verblassender Traum.

Ein Duft nach Minze wehte vorüber.

Schöne Frauen gab es auch.

Ein großer Vogel flog plötzlich auf und flüchtete schnatternd. Ich lief weiter. Die Bäume lichteten sich. Ich trabte über eine gut zehn Meter lange Holzbrücke zum anderen Ufer und lief den Weg auf der Gegenseite zurück. P2 Richtung Wegmühle: fünf Kilometer. Halbzeit.

An einer Biegung empfing mich ausgelassenes Geschrei. Zwischen zwei Bäumen war ein dickes Tau über den Bach gespannt. Daran hing ein Seil mit einem kleinen hölzernen Boot, das in der Strömung schaukelte. Drei Kinderkapitäne wuselten darin umher und überboten einander im Kommandieren. Das Boot sah klobig aus, wie in der Garage zusammengeschraubt. Am Bug stand »Santa Maria«. Die Mütter saßen auf einer Bank am Ufer und beobachteten besorgt ihre schwimmwestenlosen Sprösslinge. Hier war der Rauschelbach immerhin wadentief. Auch wenn sich das Boot losriss, würde es spätestens an einer der seichten Stellen stranden, an denen die Felsen nur notdürftig vom Wasser überspült wurden. Bis zur fernen Einmündung in die Donau schaffte man es nicht einmal mit einem Kajak.

Ich lief weiter und wich einer kleinen Promenadenmischung aus, die kläffend herumsprang. Ich erinnerte mich, dass eine Freundin von Bettina gerade ein Kajak gekauft hatte und ganz begeistert davon war. Ein Kilometer noch. Langsamer, cool down.

Wie hieß eigentlich die Kajakfreundin von Bettina?

Ich rannte beinahe zwei Nordic Walkerinnen über den Haufen und verlangsamte meine Schritte.

Was stand noch mal auf der Serviette?

Die beiden Walkerinnen schwenkten erbost ihre Stöcke.

Das Wettcafé und der Halbe Anker waren beide im Hafenviertel. Wenn Michaela nun der Name eines Schiffs war?

Ich machte, dass ich nach Hause kam.

*

Ich saß in Shorts am Küchentisch und klappte das Notebook auf. Der Duft des frisch gemachten Kaffees mischte sich mit den Shampoo-Ausdünstungen meines noch feuchten Haars.

In Linz gab es sogar mehrere Häfen: die der großen Industriebetriebe an der Donau, die Werft, ein Containerterminal, einen Handelshafen und einen Tankhafen. Vom Yachthafen und den bloßen Anlegestellen gar nicht zu reden. Die Idee war also gar nicht so weit hergeholt. Obwohl es natürlich immer noch bloß eine Frauenbekanntschaft sein konnte. Ich hatte das Gefühl, dass es um Richter noch so einiges gab, von dem niemand wusste. Aber vielleicht hatte eine Michaela einmal in Linz angelegt und würde es eventuell wieder tun.

Die Ergebnisse bei Google waren, wie immer bei unbedarften Suchen, gleichermaßen zahlreich wie nutzlos. Ich fügte »Donau« hinzu. Immer noch nichts Gescheites. Die dicke Nachbarskatze, weichgezeichnet durch die weißen Vorhänge, trieb sich beim unbewohnten Haus gegenüber herum. Vielleicht auf Englisch. Ship? Nein, Vessel. Viel besser. Dutzende Seiten widmeten sich dem Schiffsverkehr. Vessel tracking online. Vessel finder. Cargo tracking. Ich klickte auf den ersten Eintrag. Eine Seite mit Details wurde angezeigt. Cargo ship, Lagos. Nicht meine Michaela. Ein Button mit der Aufschrift »Live map« war zu sehen. Klick. Eine Weltkarte erschien. Ich zoomte zur Donau und suchte sie ab. Pfeile repräsentierten Schiffe. Excellent King, 7 knots. Saharovsk, 6,5 knots. Stadt Wien, 0 knots. Wohl gerade im Hafen. Oder gesunken. Aber keine Michaela von Linz bis Konstanza. Der Lüfter meines Computers schaltete sich ein und brauste dahin wie eine kleine Turbine.

Ich vergrößerte die Ansicht und arbeitete mich vom Donaudelta durch Rumänien und Serbien nach Ungarn hoch. Bei Budapest wurde meine Mühsal belohnt. Mihaela. Mit 9,6 Knoten in Richtung 311 Grad unterwegs. Ohne »ch«. Ich schenkte mir Kaffee ein, nahm einen Schluck und sah aus dem Fenster. Die Löwenzahnwiese gewann täglich an Saft und Kraft.

Ich las die Erklärungen auf der Seite. Offenbar funkten die Schiffe automatisch ihre Positionen. Entlang der Strecke fingen Antennen die Signale auf und leiteten sie weiter. So ähnlich wie GPS. Und ich konnte den Weg der Mihaela verfolgen. Außer Kurs und Geschwindigkeit wurden die wichtigsten Daten und manchmal auch Fotos angezeigt.

Die Mihaela war ein containergeeignetes dry cargo ship, 100 Meter lang und 9 Meter breit. Die Fotos zeigten einen langen Frachtkahn mit großen Blechabdeckungen über hallenähnlichen Laderäumen, einem Kran und einer Radarantenne am Bug.

Ich betrachtete die Fotos. Was machte man mit einem Schiff? Man transportierte. Illegale zum Beispiel, oder Drogen. Große und schwere Waren. Oder sehr viele Waren auf einmal. Giftmüll? Waffen? Der Menüpunkt »Itinerary« war besonders aufschlussreich. Destination: Linz. Arrival time: Monday 9. 5.

Ich könnte auf die Ankunft der Mihaela warten und mir das Schiff ansehen.

So einfach war ich noch nie zu Informationen gekommen. Ich war misstrauisch. Was, wenn das Ganze nicht richtig funktionierte? Demoversion? Aber das konnte ich überprüfen. Laut Karte hatten die Alabaster und die Bleiberg gerade in Linz angelegt. Jeweils 0 Knoten. Ich schaltete den Computer aus und zog mir Jeans, T-Shirt und einen leichten Pullover an. Im Karton mit dem Gummiknüppel kramte ich nach der Hundeleine, die ich dort vermutete. Gut, dass Frau Amras sie nicht gesehen hatte. Das hätte sie außer Rand und Band gebracht.

Zeit für einen Aufklärungsspaziergang.

*

Der Handelshafen war frei zugänglich und bestand aus drei parallelen Becken, jedes fünfhundert Meter lang und hundert Meter breit. Auf den Kais dazwischen erstreckten sich Lagerhäuser mit großen Rolltoren und LKW-Rampen und Gebäude für Zoll und Feuerwehr. Gabelstapler standen ordentlich eingeparkt im Schatten der Hallen. Riesenhafte blaue Kräne auf Gleisen reckten ihre Ausleger in den Himmel und warteten auf Beute. In den Fensterscheiben spiegelte sich die goldene Abendsonne.

Ich hatte hinter dem Halben Anker geparkt und mich von Norden genähert. Ich spazierte den Kai zwischen zweitem und drittem Hafenbecken entlang. Die Anlagen waren verlassen und still. Vogelgezwitscher untermalte den Feierabend. Leichter Wind kräuselte das Wasser, das ganz unhafenlike sauber aussah. Hin und wieder zierten Glasscherben und Nägel den Asphalt. Eine Baggerschaufel, in die leicht ein Kleinwagen passte, lag neben einem imposanten Berg aus Holzbalken auf dem Boden, als hätte sie sich den Appetit verdorben. Das Drahtseil, das sie mit dem Kran verband, hing schlaff herunter.

Dahinter war die Bleiberg vertäut. Eins zu null für Meisterermittler Kant. Die Abdeckungen waren zurückgeschoben. Ich konnte in den gähnend leeren Laderaum hinuntersehen. Modergeruch stieg mir in die Nase wie ein exotischer Gewürzduft. Auf dem oberen Teil der Rumpfwand waren Maße und Tonnage aufgemalt. Meine Wohnung passte ein paar Mal in das Schiff hinein.

Hinter der Bleiberg saß ein Angler auf einem Stück Styropor und starrte aufs Wasser. Ein kleines Radio neben ihm dudelte leise dahin. Ich schwenkte die Hundeleine, richtete meinen Blick zum Horizont und pfiff durch die Zähne. »Manfredi. Hier.« Der Angler ignorierte mich.

Ich umrundete die Spitze des Kais und ging wieder in Richtung Festland. Ein Fahrradfahrer, aus dessen Satteltaschen zusammengeschobene Angelruten ragten und zwei Hundebesitzer kreuzten meine Schritte. Vor mir lag das letzte Hafenbecken. Zwei Schiffe hatten längsseits festgemacht, aber ich konnte ihre Namen aus der Distanz nicht erkennen. Auf der anderen Seite lag der mit einem hohen Zaun umgebene Containerterminal. Wie Legosteine stapelten sich die bunten Container auf dem Gelände. Zwischen den Gebäuden wiegten sich große Birken und spielten mit ihren Blättern die Rascheltonleiter auf und ab. Auf einem großen Lagerplatz standen Paletten mit Säcken, auf denen »Kultursubstrat« aufgedruckt war. Das vordere Schiff führte auf dem Bug einen kyrillischen Namen. Auf dem Heck stand in normaler Schrift »Tolstoy«. Ein bulliger Mann in schwarzem Trainingsanzug und abgewetzter Ohrenschützerkappe kam aus der Tür des Ruderhauses, warf mir einen misstrauischen Blick zu und hantierte mit einem Eimer. Ich pfiff wieder nach Manfredi. Eine Windböe wehte eine Ahnung aromatischen Brackwassers und vertrockneten Fischs vorbei.

Auf Höhe der Tolstoy war ein Lagerhaus mit einer rostigen Feuerleiter an der Außenseite. Die erste Sprosse begann in zwei Meter Höhe, die letzte führte ganz oben auf eine kleine Gitterplattform vor einem Fenster. Von dort könnte ich mich hochziehen und auf das Dach klettern. Ein ausgezeichneter Beobachtungspunkt. Ich würde alle Anlegestellen überblicken können und war einigermaßen versteckt, solange ich keine Freudentänze aufführte. Ich wandte mich ab und zu nach Manfredi um und ging weiter. Die untergehende Sonne beleuchtete ein kleines Beiboot, das auf dem Kajütendach des nächsten Lastkahns verzurrt war.

Darauf war »Alabaster« gepinselt. Das Mutterschiff selbst war nicht beschriftet. In Gedanken gab ich mir selbst ein High Five und nahm Kurs auf mein Auto. Beide Schiffe waren da, wo die Live map behauptete. Die Internetinformationen schienen also halbwegs korrekt zu sein.

Ich würde pünktlich zur Stelle sein und die Ankunft der Mihaela erwarten.

4

»Ich bin mir nicht sicher«, sagte Elisabeth und kramte in ihrer Lederhandtasche. »Müssen wir um 20 Uhr oder schon um 19:30 Uhr dort sein?«

»Wahrscheinlich um 18:30 Uhr«, sagte ich und überholte ein Moped. Das Theater hatte sich als ehemaliges Pornokino entpuppt, das als Lokalbühne wiederauferstanden war. Gut gegen Nordwind, Beginn Samstag 20 Uhr.

Wegen ihrer hohen Absätze musste sie die Beine geschlossen und säuberlich diagonal im Fußraum aufstützen. Waren die Strümpfe aus Seide?

Elisabeth musterte die Karten kritisch. »Du Schurke«, sagte sie in gespielt strengem Ton.

Ich hatte sie von ihrem Haus abgeholt, ohne lange warten zu müssen. Nach dem ersten Kilometer hatte sie mir das Du angeboten und von skurrilen Fällen aus ihrem Gerichtsalltag erzählt. Sie war klug, unterhaltsam und völlig unverkrampft.

Ich parkte auf der Rückseite des Theaters und hielt ihr die Tür auf. Sie stieg aus und zupfte ihr ohnehin perfekt sitzendes schwarzes Kleid zurecht. Die helle Haut ihrer Arme kontrastierte eindrucksvoll damit. Sie war sparsam, aber sehr effektiv geschminkt.

Ich sah ihr zu und grinste von Ohr zu Ohr.

»Was?« Sie blickte an sich hinunter und versuchte, einen Fehler zu finden.

»Du siehst umwerfend aus«, sagte ich. »Fashionshow.«

»Danke.« Sie lächelte und hängte sich bei mir ein. »Du Schmeichler.«

Ich fühlte ihre Bewegungen, als wir uns dem Eingang näherten.

Sie gab der Garderobendame ihr Jäckchen, das sie nur aus Stilgründen mithatte. In meinem anthrazitfarbenen Anzug fühlte ich mich etwas overdressed für den Anlass, aber Elisabeth war zufrieden.

Ein Mann um die Fünfzig in schwarzem Rollkragenpullover und Tweedjackett riss mit großer Geste die Karten ab und teilte uns einen Programmzettel zu.

Die Sitzreihen waren treppenförmig angeordnet und boten Platz für ungefähr 100 Zuschauer. Wir schritten über die abgetretenen, nach Bohnerwachs duftenden Bodenplanken und eroberten unsere Plätze. Es gab etwas Getue, weil sich ein paar Zuschauer wieder von ihren seriösen schwarzen Holzstühlen erheben mussten. Neben mir nahm eine ausladende Hochschwangere, die nach Seife roch, Platz. Dritte Reihe, gute Sicht. Ich spürte einen Tritt im Rücken und bemerkte, dass sich die Sitzfläche meines Sessels auf gleicher Höhe wie die spitzen Stöckelschuhe hinter mir befand.

Was wohl Bettina gerade machte? Sie war ja nicht einsam in Wien, hatte sie gesagt. Leistete ihr Gregor Gesellschaft? Oder der Bauingenieur? Ich stellte mir

Rambo im Schlosseranzug vor und fühlte einen sanften Stich im Magen.

Es wurde dunkel, ein paar Zuschauer husteten und ich merkte bald, dass die Geräusche, die ich für Tonstörungen hielt, die Hintergrundmusik war. Eine Frau vor mir verströmte einen klebrig-süßen Überwältigungsparfumduft, der nicht schwächer wurde. Die Tasche der Schwangeren fiel immer wieder von ihrem Schoß auf den Boden. Einmal hob ich sie auf, dann ihre Begleiterin. Jedes Mal, wenn ich sie unabsichtlich berührte, rückte sie mit ihrem ganzen Körper weg. Mit dem nächsten Ausatmen saß sie wieder so wie vorher. Wie ein Meeresgewächs, das sich mit den Wellen bewegte. Mich näher an Elisabeth zu lehnen, wagte ich nicht. Sehr belohnt kam ich mir nicht vor. Ich würzte die Darbietung mit gelegentlichen Blicken auf Elisabeths Beine.

Nach gut zwei Stunden versiegte der finale Applaus und wir durften aufstehen.

»Wie hat's dir gefallen?«, fragte Elisabeth und sah mich erwartungsvoll an.

»Hervorragend«, sagte ich. »Nur die Musik war mehr wie Grillengeschabe.« Kant, der Theaterkritiker. Sie antwortete nicht darauf. Wir schlenderten zum Auto.

»Hast du noch Lust auf einen Drink?«, fragte ich.

Sie schwieg ein paar Sekunden. »Ich möchte nicht in ein Lokal.«

Schade. Ich genoss ihre Gesellschaft.

»Wir könnten …«, sagte sie. Plötzlich kippte ein Schuh um und sie stolperte gegen mich. Sie fing sich schnell wieder und wich zurück.

Vorher war sie geübt und souverän dahingeschwebt.

»Vielleicht …« Sie räusperte sich, sah mich an und fixierte schließlich die andere Straßenseite. »Vielleicht könnten wir bei mir noch etwas trinken?« Sie suchte den Boden vor ihr nach gefährlichen Schlaglöchern ab. »Wenn du magst«, sagte sie leise.

Ich wollte sehr gerne.

»Ist etwas kaputt?«, fragte sie, als nach zweimal Starten der Motor immer noch nicht lief.

Im gleichen Moment schnurrte er laut auf. »Alles perfekt«, sagte ich und reihte mich in den Verkehr ein.

Elisabeth spielte mit einer Haarlocke. Sie öffnete und schloss ihre Handtasche, blickte zu mir und gleich wieder aus dem Seitenfenster. Als ich beim Schalten unabsichtlich ihr Knie berührte, zuckte sie zurück. Ich fuhr schneller.

Vor dem Haus entglitt ihr der Schlüsselbund. Unsere Hände berührten sich, als wir ihn ungeschickt aufhoben. Die Tür fiel zu. Sie schlüpfte im Dunkel aus den Schuhen und atmete schneller. Als wir uns küssten, spürte ich ihren Herzschlag. Auf dem Weg ins Schlafzimmer ließ ich das Jackett fallen, während Elisabeth ungeduldig an meiner Krawatte zerrte. Ich zog am dünnen Reißverschluss. Ihr Kleid fiel geräuschlos auf den langhaarigen Teppich.

Nachdem wir den ersten Heißhunger gestillt hatten,

zeigte sie sich unendlich zärtlichkeitsbedürftig. Und ich war gern zu Diensten.

Elisabeth zündete Kerzen an. Wir wanderten durchs Wohnzimmer in die Küche und inspizierten den riesigen Kühlschrank. Sie war in eine dünne Seidenrobe gehüllt. Ich hatte Hemd und Shorts an.

Sie gab mir eine Flasche und leerte Eis in den Kühler. »Oder möchtest du lieber Wein?«, fragte sie. »Ich habe auch Bier gekauft.«

»Champagner ist okay«, sagte ich. Veuve Clicquot, fein. Freudig ploppend sprang der Korken heraus. Sie kippte aus einer größeren Schuhcremedose Kaviar in ein Kristallschüsselchen, das sie in eine eisgefüllte Silberschale stellte. Beluga, sah ich auf dem Deckel. Es gab auch kaltes Huhn und Früchte. Auf den Servietten stand »Feinkost Fink«. Exklusiv, teuer und sehr gut. Sie hatte sich viel Mühe gegeben.

Wir schleppten alles ins Wohnzimmer. Die juristischen Bücher waren verschwunden. Elisabeth rückte nahe an mich, während wir uns über die Köstlichkeiten hermachten. Unsere Gläser klirrten. Ihre Robe klaffte. Ich himmelte sie über den Rand der Champagnerschale hinweg an.

Sie kicherte. »Sehr dekadent.«

Ich nickte und bewunderte ihre Schenkel.

Irgendwann landeten wir wieder im Bett. Gegen vier Uhr schlief sie erschöpft ein. Ich betrachtete ihr wirres Haar und die entspannten Züge. Manchmal machten ihre Lippen beim Ausatmen leise »pff«. Ihre

Wäsche lag im Schlafzimmer verstreut. Ich zog die Decke behutsam über ihre nackten Schultern.

Was hatte Bettina, das ich nicht auch bei Elisabeth finden könnte? Ich löschte die Kerzen, die noch nicht heruntergebrannt waren. Die Vögel waren schon wach, als ich in traumlosen Schlaf sank.

5

Am Montag um sieben trafen tief unter mir nacheinander drei Sattelschlepper mit ukrainischen Kennzeichen ein. Der Motorenlärm verstummte. Aus einem der Führerhäuser drang schwermütige Musik. Als würden sie ein U-Boot auf dem Meeresgrund verlassen, kletterten die Fahrer vorsichtig aus ihren Kabinen. Sie versammelten sich zwischen zwei der Laster, rauchten und unterhielten sich. Letzte Dieselwölkchen schwebten in der Morgenkühle zu mir hoch.

Seit vier Uhr früh saß ich auf dem moosbewachsenen grauen Zinkdach des Lagerhauses und harrte der Ankunft der Mihaela. Ich zog meine olivgrüne Wollhaube tiefer. Der Sonnenaufgang war spektakulär und wärmeverheißend, letztlich aber nur ein Placebo gewesen. Ich konnte zwei Hafenbecken, die meisten Gebäude und die in Kaimitte verlaufende Straße überblicken.

Ich schenkte mir Kaffee aus der Thermosflasche ein. Schwarz und süß. Zwei Liter Wasser, drei Snickers. Eine Plastikflasche fürs Pinkeln. Verglichen mit vergangenen Observationen der pure Luxus. Die genaue Ankunftszeit der Mihaela wusste ich nicht, deshalb hatte ich am Sonntag regelmäßig ihre Position auf der Live map überprüft und auf dem Bildschirm beobachtet, wie sie stetig näher rückte. Ich hatte geträumt, dass ein Supertanker auf Miami zuraste, den Bug hoch aus dem Wasser erhoben, wie ein drogenschmuggelndes Schnellboot. Das hatte mich derart beunruhigt, dass ich mich noch im Dunkeln auf den Weg gemacht hatte. Ich gähnte und streckte mich.

Neben einem dicken Schlauchanschluss mit einer Tafel »Trinkwasserentnahme nur für Schiffsbesatzungen« war meine Feuerleiter. Die erste Sprosse hatte einen Klimmzug erfordert, der Rest nur festhalten und einen Fuß über den anderen setzen. In einen ausgewaschenen blauen Overall gehüllt, war ich noch vor der Morgendämmerung aufs Dach geklettert, als ob das mein täglich Brot sei. Auf meinem Rücken stand in verblassenden Buchstaben »Facility Service«. Um vier war ohnehin niemand dagewesen, dem ich hätte auffallen können. Keine Lichter, keine Geräusche. Oben war ich über einen Blitzableiterdraht gestolpert, aber alles war ruhig geblieben.

Die Minuten krochen dahin. Keine Spur von anlegenden Schiffen. Die Fahnen und Wimpel auf dem Mast vor dem Zollgebäude flatterten heftiger. Von Osten her schob sich eine graue Wolkenfront näher. Zwei große Gabelstapler brummten zu den Ukrainern und begannen, sie zu entladen. Erste Tropfen fielen. Ich holte eine dünne Regenjacke aus meinem Rucksack und zog sie an. Leider war das bereits der Höhepunkt meiner Schlechtwettervorsorge. Meine Beine wurden besprenkelt und sahen kurz aus wie blaues

Leopardenfell. Dann saugten sich die Jeans unter dem Overall gierig mit Regen voll. Der Wind strich kühl darüber und ich nieste unterdrückt. Nichts, was eine lange, heiße Dusche nicht beheben konnte. Wenigstens einen Pullover hatte ich an.

Ich ließ meine Blicke über das Wasser schweifen. Warum machte ich das überhaupt? Geheimagent spielen und mir hier über den Dächern den Tod holen? Ich dachte an den Zwischenfall im Wettcafé. War das Reizvolle die stete potenzielle Gefahr, in die ich mich begab? Ich wusste, dass ich gerne Indianer spielte und es nie beim Spielen blieb. Dass ich das genoss, gestand ich mir höchst selten ein. Ich machte einfach weiter.

Eine große Möwe zog einen Kreis über mir, landete gekonnt auf einem Entlüftungsrohr und starrte mich an. Ich hob rechtfertigend die Schultern. Die Möwe hüpfte einen Schritt ins Leere, breitete dann erst ihre Schwingen aus und flog kreischend davon. Ich war soeben Zeuge eines ornithologischen Kavalierstarts geworden. National Geographic würde Aufnahmen davon fürstlich entlohnen und ich bräuchte nicht mehr auf Dächern hocken. Kleine Pfützen hatten sich gebildet und überschwemmten Moos und Vogeldreck.

Wollte ich überhaupt als Privatdetektiv arbeiten? Ermitteln und Spurenverfolgen und ratlos Grübeln machte ich, als ob ich nichts anderes gelernt hätte. Oder konnte ich das einfach am besten? Und wenn das so war, war das nun gut oder schlecht? Je nach Perspektive. Koryphäe oder gescheiterte Existenz.

Tuckernde Motorengeräusche rissen mich aus meinen Gedanken. Durch ein kleines Fernglas beobachtete ich, wie die Mihaela gemächlich heranfuhr. Hafenarbeiter in dicken Jacken zerrten an Stahlseilen und machten sie längsseits an den Pollern fest. Fast elf Uhr. Na endlich. Gegrübel vertreibt Wartezeit. Sie sah aus wie auf den Fotos. Hundert Meter lang, schwarzer Rumpf, ein paar lange Antennen, die im Wind wippten, eine Satellitenschüssel, ein Beiboot, zweimal Radar. Blau-gelb-rote Flagge. Ich spürte Erleichterung, dass ich nicht umsonst hier saß. Auf dem Gleis, das das Hafenbecken säumte, rollte ein Kran heran.

Den Nachmittag über wurde die Mihaela gelöscht. Plastiksäcke mit Kunstdünger auf Paletten stapelten sich auf dem Kai. Ein Schiff, das so hoch aus dem Wasser ragte, dass ich die Ziffernmarkierungen auf dem Rumpf sehen konnte, manövrierte sich vor die Bleiberg. Die Alabaster legte ab. Nach fünfzehn Uhr herrschte wieder Kaffeepausenstille. Auch der Regen hörte auf.

Am frühen Abend fuhr ein weißer Kleintransporter mit Planenaufbau auf den Hof des Gebäudes neben meiner Lagerhalle. Zwei Männer stiegen aus und öffneten einen blauen Frachtcontainer, der dort abgestellt war. Auf dem Wellblech stand »Cho Ho Shipping«. Dann rangierten sie das Heck des Transporters vor die Containertüren. Was eingeladen oder ausgeladen wurde, konnte ich nicht sehen. Um nicht einzuschlafen, notierte ich das Kennzeichen. Wenig später trafen zwei Kastenwagen ein. Dann ein VW-Bus mit der Aufschrift eines Autovermieters. Ein ramponierter Kombi schloss nach Einbruch der Dämmerung den Reigen ab. Der Container lag wieder verlassen da.

Die Mihaela hatte mittlerweile neue Fracht in ihrem Bauch. Arbeiter begannen im Scheinwerferlicht, stählerne Abdeckungen über die Laderäume zu schieben und festzuschrauben. Ich zuckte zusammen, als jemand aus dem das Schiff umgebenden Dunkel trat, an Bord ging und in einer Kajüte verschwand. Ich maßregelte mich für meine Nachlässigkeit und streckte meine kribbelnden Beine aus. Hoffentlich würde die Person das Schiff wieder verlassen. Kant, der schläfrige Schnüffler. Ich schüttelte die Thermosflasche. Auch kein Kaffee mehr da.

Ein paar Minuten später war es soweit. Diesmal war ich wachsam. Ein Mann, so groß wie ich, kräftig, kurzes blondes Haar, dunkle Jacke und blaue Leinenhosen. Er kam aus der Tür und sprang an Land. Mit einer kleinen Tasche in der Hand ging er den Kai entlang, von den wenigen Bogenlampen spärlich beleuchtet.

Ein echter Berufsdetektiv – also ein Vollprofi, der es mit jedem Ehestörer aufnehmen konnte – hätte jetzt einen Adapter auf sein Fernglas geschraubt und mit einer teuren Digitalkamera mindestens zwanzig gestochen scharfe Bilder geknipst. Womöglich sogar mit Nachtsichtgerät, damit er seine Augen nicht so arg anstrengen musste. Ich hatte gar keine Kamera und auf meinen billigen Gucker passte sicher kein Adapter.

Was das Nachtsichtgerät betraf – naja. Ich beschränkte mich darauf zu raten, was in der Tasche war.

Der Typ sah aus, als könne er jemandem mit zwei Fingern den Hals brechen. Vielleicht Richters Hals? Den ganzen Tag waren keinerlei bemerkenswerte Aktivitäten zu sehen gewesen. Dunkelmann mit Tasche im Finstern war wesentlich verlockender als regloses Schiff im Scheinwerferlicht.

Ich schlich gebückt zum Rand des Daches, sah, wie er hinter einer Gemüsehalle verschwand und machte mich an den Abstieg. Jeder rüstige Rentner hätte mich mit Leichtigkeit überholt. Das lange Ausharren im Regen zeigte erst jetzt seine Wirkung. Als ich endlich unten war, lief ich zur Gemüsehalle. Meine Steifigkeit verschwand langsam. Der Salsa-Kurs fiel mir ein. Ich hörte, wie ein starker Motor angelassen wurde. Beflügelt rannte ich geradeaus weiter, überquerte die breite Straße und sprang in mein Auto. Ich drehte den Zündschlüssel. Statt sprungbereit aufzuheulen, sagte der Motor geradezu aufsässig »Klack«. Mit sinkendem Mut versuchte ich es noch einmal. Diesmal verharrte er in trotzigem Schweigen. Von links näherten sich Scheinwerfer. Ich riss mein Fernglas aus dem Rucksack, knallte damit gegen die Windschutzscheibe, die prompt einen Sprung bekam, und konnte gerade noch das Kennzeichen erkennen. Ein zum Glück sehr sauberer Audi A5 in Schwarz. Wenigstens etwas. Ich ließ das Fernglas in den Fußraum fallen und notierte schnaufend die Nummer.

Ein gewiefter Ermittler hätte sich niemals auf sein altersschwaches Rostmobil verlassen, sondern säße jetzt bequem in einem übermotorisierten Mietwagen und spielte Katz und Maus mit seiner Beute. Mit allerhöchstens zweitausend Kilometern auf dem Tacho und zurückhaltendem Jazz im Entertainment System würde eine Verfolgungsjagd wesentlich stilvoller ablaufen.

Und eine Kennzeichenabfrage im Polizeicomputer würde auch nicht gleich einen arbeitslosen Expolizisten ausspucken. Gedemütigt zog ich mein Telefon aus der Tasche und wählte die Pannenhotline des ÖAMTC.

6

»Starten Sie einmal.« Krugluger nahm einen Hammer und verschwand unter dem Motor.

Ich saß in meinem Versagerauto, das zwei Meter über dem Werkstattboden schwankte und drehte den Schlüssel. Nichts passierte. Ich hörte ihn rhythmisch und hemmungslos gegen ein Motorteil schlagen.

»Weiter, noch mal.«

Ich startete. Der Motor sprang an und schnurrte unschuldig.

»Abstellen«, überschrie er den Lärm, den einer seiner Gesellen mit einer funkensprühenden Trennscheibe erzeugte.

Ein Gemisch aus Öldämpfen und Reifengummiduft drang herein, als die Hebebühne wieder sanft nach unten sank. Ich stieg schnell aus. »Was ist es?«, fragte ich.

»Magnetschalter. Nicht schlimm. Bis morgen Nachmittag können wir's richten. Passt Ihnen das?« Der Meister persönlich. Eine imposante Gestalt in fleckigem grauem Overall. Schwarzes drahtiges Haar und schneidiger Schnurrbart wie Attila der Hunnenkönig. Kfz Krugluger. Ihr Fahrzeug ist in Meisterhand. Er wischte seine ölverschmierten Hände in einen ebenso öligen Lappen. Ritualwaschung.

Willi Weichselbaum, mein weißköpfiger Nachbar, hatte mir den Tipp nebst einer Wegbeschreibung gegeben. Andernfalls hätte ich nie hergefunden. Die Autowerkstatt war in einem umgebauten schmucken Vierkanthof untergebracht. Rundum waren nur Wälder und Felder und die schmale gewundene Zufahrtstraße. Laufkundschaft verirrte sich bestimmt nicht hierher.

»Sollen wir den Starter auch gleich überholen? Da gibt's ein Reparaturset dafür.« Er warf den Lappen auf eine Werkbank.

Mit ÖAMTC-Unterstützung war ich gestern schließlich nach Hause gekommen und hatte lange und heiß geduscht. Nach zwei Portionen Tiefkühllasagne mit Endiviensalat und ein paar Gläschen Rotwein war ich ins Bett gegangen.

Der elfte Startversuch heute Morgen hatte Erfolg gehabt und mich in Kruglugers Reich befördert. An einer Wand hing ein handgemaltes Schild: »Hier wird hochkonsentriert gearbeitet. Kein Zutritt für Kunden.« Ich sah mich um. Was mochte früher hier drin gewesen sein? Ein Stall? Meister Krugluger musste die Zwischendecken herausgebrochen haben. Im Boden neben dem Tor war ein Bremsenprüfstand eingebaut. Große elektronische Testgeräte auf Rollen standen herum. An einer Wand hingen Diagnosebildschirme. Autos in verschiedenen Zuständen der Zerlegung, in deren Eingeweide junge Mechaniker bis zu den Hüften steckten. Neben dem hochgezogenen Tor ein Stapel nagelneuer Breitreifen. Ich fühlte mich wie in der

Höhle von Batman. Aus dem Büro, das durch eine gläserne Wand von der Werkstatt getrennt war, drang unentwegtes Telefongeklingel. Kfz Krugluger mochte am Ende der Welt sein, aber technisch war das Unternehmen voll auf der Höhe.

Morgen Nachmittag? »Ja, schon. Bitte«, antwortete ich und überlegte mir Transportmöglichkeiten. Aus dem Kofferraum nahm ich meine Reisetasche für Unvorhergesehenes. Die wollte ich nicht in der Werkstatt lassen.

»Wo müssen Sie denn hin? Der Lackner fährt nach Linz, der kann Sie mitnehmen.« Krugluger zeigte durch die Glasscheibe auf einen kleinen Mann mit Schmerbauch, der auf einem Sofa saß und eine Kaffeetasse in der Hand hielt. »Einen Mordssteinschlag haben Sie auch in der Scheibe«, klagte er mich an.

»Ja, Linz ist super. Danke«, sagte ich, und flüchtete ins Büro.

»Von innen«, rief er mir nach und schüttelte den Kopf, dass der Schnurrbart zitterte. »Wie gibt's denn so was?«

*

Herr Lackner war nicht sehr gesprächig gewesen. In seinem Auto lagen Zündholzschachteln mit Werbeaufdrucken verschiedener Nachtklubs und Tagesbars. Er hatte mich in Linz aussteigen lassen und war dann unbekannten Zieles weitergefahren.

Ich betrat die Mietwagenstation. Der Geschäftsraum war so groß wie das Wartezimmer meines Zahnarztes. Zwei Plastiksessel, ein rundes Tischchen, ein Tresen, hinter dem eine hübsche junge Frau in gelb-schwarzem Kostüm lauerte. Auf einem Schild an ihrem Blazer stand »Julia Schumann«. Knallroter Lippenstift. Schwarzes nackenlanges Haar, in den Mundwinkeln ein beständiges leichtes Lächeln, wie ein tropisches Fieber, das jahrelang schlummert, bevor es ausbricht. Ich war der einzige Kunde. Ich erkundigte mich nach dem Angebot.

»Ich kann Ihnen einen Wagen aus unserer Prestigeklasse anbieten. Der wäre sofort verfügbar«, flötete sie pflichtschuldig und hielt mir eine bunte Broschüre unter die Nase.

Das hörte sich teuer an. »Und was gibt es noch?«

»Einen Ford Fiesta bekomme ich heute Nachmittag herein«, sagte sie und sah auf die Uhr an der Wand. »Wenn Sie den wollen, würde ich Sie anrufen, sobald er eingetroffen und fahrbereit ist.« In ihren Augen war ein unbotmäßig revolutionäres Leuchten, als stünde sie mit einem Bein in einem Paralleluniversum, in dem es ganz anders zuginge als hier.

»Ich meine, jetzt gleich«, sagte ich.

»Jetzt gleich kann ich Ihnen nur einen Wagen aus unserer …«

»Ja, gut, alles klar«, unterbrach ich sie schnell. »Ich nehm ihn.« Ich wollte nicht stundenlang warten und Almuth Amras würde das gewiss nicht wehtun. Allerhöchste Zeit, mich an Spesenkonten zu gewöhnen.

Ihre Finger schwebten über einer Tastatur. Sie zog eine Augenbraue hoch. »Herr Kant, richtig?«, fragte sie süffisant, als wäre es ganz offensichtlich ein falscher Name. Sie tippte klackernd meine Daten in das Computerterminal. Die linken Fingernägel waren neongrün, die rechten orange.

Ich vermutete, dass in den Unternehmensrichtlinien die passende Farbe des Nagellacks geregelt war und Julia Schumann darauf pfiff. Neben der Tastatur lag eine offene Packung Kaugummi.

»Eine Kreditkarte, bitte«, sagte sie.

Ich stellte meine Tasche auf den Fliesenboden. Es schepperte blechern. Ich nahm mir vor, das Zeug in eine Decke zu wickeln und zückte meine Börse.

»Waffen und Munition vermutlich?«, sagte sie mit einem Grinsen.

»Nur Einbruchswerkzeug«, sagte ich und sah ihr an, dass sie ernsthaft in Erwägung zog, dass ich die Wahrheit sagte.

Ich reichte ihr meine Kreditkarte und hoffte, dass das Limit noch zu gebrauchen war. Diese Besorgnis spürte sie wohl. Sie zog noch einmal eine Augenbraue hoch. War ich in ein Raster unerwünschter Prestigeklassefahrer gefallen?

»Wie lange benötigen Sie das Fahrzeug?« Sie hatte offenbar beschlossen, mir das Fahrzeug dennoch auszuhändigen.

»Ich weiß noch nicht genau. Sagen wir, erst mal zwei Wochen?«

»Dann sind Sie wahrscheinlich schon über alle Berge«, sagte sie verschwörerisch lächelnd.

Ich betrachtete unwillkürlich ihren kleinen Busen. Pointing device. Sie merkte es.

»Höchstens das Auto«, sagte ich ernst. Vielleicht würde sie mir auch noch etwas ganz anderes aushändigen, wenn ich sie darum bat.

»Nach Osten fahren geht sowieso nicht«, sagte sie. »Steht im Vertrag. Haftungsausschluss dazu?« Sie sah vom Bildschirm auf und nickte empfehlend.

»Unbedingt.« Es konnte ja wer weiß was passieren. Vielleicht dachte sie, ich wolle das Auto nach Polen bringen und benutzte die Gelegenheit, ihrem Arbeitgeber eins reinzuwürgen.

Wie ein Croupier blätterte sie mehrere engbedruckte Schriftstücke vor mich hin, die mit freiem Auge nicht lesbar waren. Seelenkaufvertrag. Würde noch viele Juristen glücklich machen. Nachdem ich meine Unterschrift unter jedes Einzelne gesetzt hatte, atmete sie auf, als ob sie die Luft angehalten hätte. Sie bückte sich und holte die Fahrzeugpapiere aus einer Lade.

Ich riskierte einen Blick hinter den Tresen. Schlanke Beine und fruchtiges Parfum statt Huf und Schwefelgestank. Knackige Figur.

Sie knallte die Lade zu und ließ ein Plastikmäppchen vor mich fallen. »Haben Sie genug gesehen oder soll ich auf dem Pult tanzen?«, fragte sie.

»Bitte nicht.« Ich schüttelte den Kopf und lächelte.

»In Ihrem Fall führt schon der zweite Blick geradewegs in die Abhängigkeit.«

Ihre Stimme fiel um eine Oktave. »Wenn das der Fall ist, ersuche ich Sie um ihre Notfalltelefonnummer.« Sie legte einen kleinen Notizzettel hin, sah mir in die Augen und grinste unverschämt.

Ich kritzelte meine Nummer hin.

»Der Wagen steht gleich vor der Tür. Vielen Dank und gute Fahrt«, wünschte sie mir.

Als die Glastür hinter mir zufiel, betätigte ich die Funkfernbedienung. Die Positionslichter eines neuen Mercedes begrüßten mich. S 500. Schwarz. Ich hätte vielleicht doch auf den Fiesta warten sollen. Dieser Schlitten hätte gut ins Hafenbecken gepasst. Panzerkreuzer Potemkin. Ich warf meine Tasche auf den Rücksitz, stieg ein und mühte mich ab, das Ding aus der Parklücke zu steuern. Hoffentlich überschätzte ich Frau Amras' Liquidität nicht. Vorsichtig kroch ich davon. Kapitän Kant auf großer Fahrt.

*

Poldi hatte sein Büro in einem zwölfstöckigen Gebäude, das wie ein schroffer Wehrturm an der Ecke des ausgedehnten Behördenkomplexes in der Nietzschestraße stand. Wir hatten vor einer Stunde telefoniert und vereinbart, dass ich ihn abholen sollte. Ich parkte in der blauen Zone neben dem bewachten Einfahrtstor und ging hinein.

Lange, krankhaft saubere Flure, auf denen jede Begegnung die Rangordnung widerspiegelte. Zellenähnliche enge Räume mit Nebenwirkung auf den eigenen Horizont. Die Beamten entweder in Uniform oder einer subtileren Einteilung folgend: Fußvolk salopp, Anzug für die Führungskräfte. Von Unterbezahlung, Stress und öffentlichen Anfeindungen in eine sich selbst gleichschaltende Zwangsgemeinschaft getrieben.

Wie ein Jahr Abstand die Perspektive veränderte.

Stolz präsentierte Poldi seine Privatsphäre. Großer Schreibtisch, kleiner Safe, Besprechungsecke, Flipcharts. Für Bundesdienstverhältnisse geradezu verschwenderisch geräumig. Die Aussicht reichte über das Fußballfeld und die Industrieanlagen hinweg zur Donau und den grünen Hügeln in der Ferne. Hinter dem Zellentrakt des Polizeianhaltezentrums landete gerade ein Hubschrauber.

Und Poldi? Glatt rasiert, Jeans, weißes Hemd, Seidenkrawatte. Er schlüpfte in ein teures Jackett, wahrscheinlich ein Geschenk von Susi.

»Besser, wir unterhalten uns woanders«, sagte er.

Soviel zur Privatsphäre.

»Bist du jetzt völlig übergeschnappt? Wer hat dich gekauft?«, maßregelte er mich auf dem Parkplatz, als ihm klar wurde, womit wir fahren würden.

»Mietauto. War kein anderes mehr da«, wiegelte ich ab und ließ mich vom Ledersitz auffangen.

Er kletterte an Bord und sah sich um, als hätte er ein fremdes Haus betreten. »Da muss ich ja Angst haben, dass mich wer von der Internen mit dir fotografiert. Wenn das wer sieht, das glaubt mir kein Schwein, dass ich ein ehrlicher Bulle bin.« Er ließ das Fenster herabsurren, lehnte seinen Ellbogen hinaus und winkte grinsend der Torwache zu, die respektvoll vor dem Auto salutierte. »Fahren wir ins Moffel«, sagte er und setzte eine Sonnenbrille auf.

Ich nickte und gehorchte. Mit jedem Kilometer gewann ich an fahrerischer Souveränität.

»Hier herinnen ist es größer als in meinem Wohnzimmer«, bemerkte Poldi.

»Aufgeräumter auch«, sagte ich.

Das Café Moffel befand sich in einem Hügel am Rand des Stadtzentrums. Der vordere Teil war dank der großen Fenster hell und freundlich. Nach hinten wurde es schummriger, weil das Lokal in den Stollen einer riesigen Bunkeranlage aus dem Zweiten Weltkrieg ragte. Im Krieg waren dort Kugellager und Waffen produziert worden. Andere Bereiche hatten als Luftschutzbunker gedient. Die Hauptgänge konnten ohne Weiteres mit Lastwagen befahren werden. Eine dicke Betonwand trennte das Moffel vom Rest der Anlage. Gerüchteweise verfügte der Eigentümer über einen versteckten Zugang.

Poldi schritt zielstrebig über die abgetretenen Teppiche in den hintersten der verwinkelten Räume. Die roh behauenen Sandsteinwände neigten sich zur Mitte und bildeten mit der Stollendecke ein zweimannhohes Oval. Der Verkehrslärm der dicht befahrenen Straße blieb abrupt zurück, als hätten wir ihn am Eingang abgegeben. Wir setzten uns in abgewetzte Ohrensessel in einer Nische. Eine nicht mehr ganz junge Kellnerin mit dunklen Ringen unter den Augen glitt heran. Wir bestellten.

Hier hinten waren Poldi und ich die einzigen Gäste. Die Mittagspausenverbringer saßen vorn. Bunt zusammengewürfelte Polstermöbel mit verblassenden, dicken Stoffbezügen waren in großen Abständen verteilt, was ein zufälliges Belauschen von Gesprächen unmöglich machte. Dazwischen standen niedrige, schwere Tische. Das dunkle, polierte Holz war mit Wasserrändern, Furchen und Einkerbungen übersät. Opiumhöhle. Haremswartezimmer. Dezente Barmusik rieselte aus Lautsprechern, die neben übergroßen Lüftungsrohren an der Decke hingen.

Ein idealer Ort für Anbahnungen jeder Art, hervorragend geeignet für außerpartnerschaftliche Affären, Schmiergeldverhandlungen und konspirativen Bullentratsch.

Die Kellnerin servierte unser Bier. »Toasts kommen gleich.« Stets prompte Bedienung im Moffel.

Wir prosteten einander zu und tranken.

»Wie war's bei der Versicherung?«, fragte Poldi.

»Wie ein All-inclusive-Intensivcomputerkurs. Überbezahlt war ich auch.«

»Dann wissen wir ja, wer heute die Rechnung übernimmt«, sagte Poldi. »Und nach der vereinbarten Zeit haben sie dich wieder rausgeschmissen?«

»Beruhte auf Gegenseitigkeit. Die Versicherung hatte ihren Teil erfüllt und ich wollte keine Kunden übers Ohr hauen.«

»Wie hoch wäre die Schadenssumme damals gewesen? Wenn wir die Bande nicht geschnappt hätten?« Poldi wischte sich den Mund mit einer Serviette ab.

»Zehn Millionen. Grafenstein hat meine Anstellung persönlich mit dem Generaldirektor ausgehandelt. Als kleine Gegenleistung. Damit ich nach meinem Abschied nicht auf der Straße lande.«

»Der hat sich noch um seine Leute gekümmert«, sagte Poldi.

»Ein Spitzenchef«, murmelte ich von Nostalgie übermannt. Ich griff nach meinem Glas. »Hat immer seine Hand über mich gehalten. Auch wenn es öfter eng geworden ist mit dem Büro für interne Angelegenheiten damals. Nur gegen die Häuptlinge im Sicherheitsbüro konnte er nichts machen.«

»Deine Wiener Weibergeschichten haben dich dort auch nicht gerade populär gemacht«, sagte Poldi. »Wer ist denn jetzt deine Hauptattraktion? Die Journalistin, oder?«

»Bettina. Ja. Immer noch«, sagte ich und dachte nach. »Schon wieder.«

»Das ist mir zu kompliziert«, sagte Poldi, schob sein Bierglas hin und her und betrachtete die sinkende Schaumkrone. »War eigentlich an den Vorwürfen etwas dran?«

Ich schüttelte den Kopf. »Nein. Schnellwuchs hat

mich nur benutzt, um von seinen Machenschaften abzulenken. Deshalb hat mich Grafenstein auch unterstützt.«

»Gregor Schnellwuchs. Dieser Drecksack«, sagte er. »Aber das habe ich nicht gemeint.« Poldi fixierte mich. »Die Brutalitätsvorwürfe. Manche sprechen sogar von Folter. Was ist da dran?«

Ich wiegte den Kopf. »Unschuldige sind nicht zu Schaden gekommen.«

»Und die Fälle hast du alle gelöst«, versuchte er mich in Beichtstimmung zu versetzen.

»Ja.« Ich verspürte keinerlei Rechtfertigungsdrang. »Alle aufgeklärt.« Ich starrte zurück.

Poldis Blick schaltete auf unendlich. Er nickte mehrmals, als hätte ich ihm eine drängende und komplizierte Frage beantwortet. Mit dem letzten Nicken hatte er die Antwort akzeptiert und entspannte sich wieder. »Okay.«

Die Kellnerin stellte unsere Schinken-Käse-Toasts hin. »Was macht Grafenstein jetzt?«, fragte ich und öffnete die gläserne Ketchupflasche.

»Ist im Ruhestand.«

»Und wie geht's dir? Chefinspektor Poldi?«

»Gut.« Er nahm einen langen Schluck und lehnte sich zurück. »Zu wenig Zeit zum Trainieren, praktisch nie auf der Straße. Lauter sinnlose Managementaufgaben und politisch korrekt muss ich auch noch sein. Aber in Summe: gut. Ich bin jetzt nur noch der Inkompetenz der obersten Befehlskette ausgeliefert. Auf alles andere kann ich Einfluss nehmen.«

»Freut mich. Und Susi?«

Poldi lachte befreit. »Die Susi. Mit der ist es fantastisch wie immer. Sogar die Tanzerei macht mir Spaß. In nächster Zeit schaut's allerdings finster aus. Ich habe alle Hände voll zu tun mit den Einbrüchen.«

»Hab's gelesen. Polizei machtlos.« Ich tunkte ein Stück Toast in den Ketchupsee auf meinem Teller. Den Zeitungen war noch kein knackiger Name für die Einbruchsserie eingefallen. Im Herbst hießen sie Dämmerungseinbrüche.

»In jedem einzelnen Fall war genug zu holen«, sagte Poldi. »Als ob die genau wüssten, wo es sich lohnt und wie hoch das Risiko ist. Das ist gut organisiert, muss ich sagen. Und irgendwoher bekommen sie zuverlässige Informationen.«

»Aber Superpoldi wird sie kriegen«, sagte ich.

Poldi zog seine Mundwinkel nach unten. »Ja. Früher oder später krieg ich sie. Zwei Rumänen haben wir rein zufällig mit Einbruchswerkzeug und Diebesgut im Auto erwischt. Einem Beamten ist auf dem Heimweg vom Posten ein Kombi aufgefallen. In Rekordzeit ist ein Anwalt aufgetaucht. Mir sitzt der Oberst im Genick. Und der wird von den Politikern und den Medien drangsaliert.«

»Kann ich dir bei was helfen?«, fragte ich und überlegte gleichzeitig, was ein abgehalfterter Expolizist schon tun könnte.

»Ja, kannst du«, antwortete Poldi, offensichtlich erleichtert, dass ich gefragt hatte. »Aber nicht bei den Einbrüchen. Susiangelegenheit.«

»Erzähl.« Mein zweiter Auftrag. Langsam würde ich mich nach einem Firmengebäude umsehen und Mitarbeiter einstellen müssen.

»Vera Winkler«, sagte er. »Eine Freundin von Susi. Deine Bettina müsste sie eigentlich auch kennen, die haben zusammen studiert. Zumindest bis Vera schwanger wurde.« Er brach ein Stück vom knusprigen Käse ab. »Die wird von ihrem Ex terrorisiert. Als sie erkannt hat, dass er ein Arschloch ist, hat sie sich von ihm getrennt. Dafür kassierte sie ein blaues Auge und ein gebrochenes Handgelenk. Er ruft sie immer wieder an und bedroht sie. Hat ihr die Reifen zerstochen. Sie war schon zweimal auf der Polizeiinspektion. Aber ohne Beweise oder Zeugen ...« Poldi hob die Hände und seufzte. »Nach einer Woche ohne Zwischenfälle hat sie gedacht, es ist überstanden. Wie sie am Morgen zur Arbeit will, ist jede Scheibe im Auto hin. Die vier neuen Reifen sowieso. Auf dem Fahrersitz liegt eine Schachtel mit den Einzelteilen ihrer Katze. Ihr Sohn ist zwölf, der traut sich nicht mehr von der Schule nach Hause.«

»Glückliches Händchen bei der Partnerwahl«, sagte ich.

Poldi zuckte mit den Schultern und verdrehte die Augen. »Wir haben uns den Typ angesehen, ihn öfter kontrolliert. Aber der lacht nur. Wir sollen mit der Polizeiwillkür aufhören. Das ist vielleicht ein Herzchen. Hat Zeit in Stein und Suben verbracht. Vergewaltigung, Körperverletzung, räuberische Erpressung. Such dir was aus. Ich schicke zusätzliche Streifen vorbei. Aber ewig geht das nicht. Und die nächste Stufe …«

Ich wusste, wie so etwas weiterging. Er würde sie an geeigneter Stelle abpassen oder in ihre Wohnung eindringen und beim blauen Auge würde es nicht bleiben. »Besser es kümmert sich jemand um die nächste Stufe.«

Poldi nahm ein sauber gefaltetes Blatt Papier aus der Jacketttasche und legte es in die Tischmitte.

Ich verstand. »Besser, ich kümmere mich drum?«

Poldi nickte gequält. »Das ist für mich unerträglich, dass so ein Scheißhaufen frei rumläuft, das kannst du dir nicht vorstellen. Ich würde das selber erledigen, aber wenn du das machen könntest, wär ich morgen auch noch Chefinspektor.«

Und wegen der vielen Brutalitätsvorwürfe dachte er wohl, das macht mir der Kant eh gern, sinnierte ich, nahm das Poldipapier an mich und legte meinen Notizzettel dafür hin. Wie du mir, so ich dir.

Er starrte darauf, machte aber keine Anstalten, danach zu greifen.

»Okay«, sagte ich. »Damit du dich besser fühlst: Ich brauche auch etwas von dir.« Ich erzählte ihm eine Kurzfassung von Almuth Amras' Auftrag und der Observation. »Am meisten interessiert mich der Audi, der mir entwischt ist.«

Poldi studierte meine Kennzeichenliste mit unglücklichem Gesichtsausdruck. »Jetzt bist du also Privatdetektiv?« Er sah künftige Informationsbedürfnisse wie eine breite Wolkenfront auf den Polizeicomputer zuwandern.

»Nur als Hobby vorerst.« Im selben Moment wurde mir klar, dass ich mich in dieser Rolle wohl fühlte. Als hätte ein unerwarteter Windstoß den Schleier der Zukunft zur Seite geblasen und das Dahinterliegende einem kurzen Blick preisgegeben. »Worauf spricht er denn an, der Exfreund?«, sagte ich.

»Meinst du, wo er angreifbar ist?«

Ich nickte. »Hat keinen Sinn, ihn zu bedrohen, wenn er sich vor nichts fürchtet.«

»Weiß ich nicht. Ich ruf dich an.« Poldi senkte seinen Blick auf die Toastreste. »Du, wir haben aber jetzt keinen Privatgeheimdienst gegründet.«

Ich schüttelte den Kopf. »Todesschwadron auch nicht.«

Wir stießen an und tranken darauf.

*

Nachdem ich Poldi zurückgebracht hatte, war ich ein paar Straßen weitergefahren, um den Computerausdruck in sicherer Entfernung zu studieren.

Ein Mann mit zusammengepressten Lippen starrte mir daraus entgegen. Front und Profil von Georg Smirnik. Dunkles, gewelltes, halblanges Haar, große, etwas zugekniffene Augen, markante Nase.

Frauen würden ihn als gut aussehend beschreiben.

Diesbezüglich gab ich mich keinen Illusionen hin. Bettina überraschte mich immer wieder mit wohlwollenden Bemerkungen über Filmschauspieler, die ich bereits als krötenhaft abgestempelt hatte.

Ich überflog die Informationen. Personenbeschreibung, Auskunft der Zulassungsstelle, eine Liste seiner Vorstrafen. Smirnik wohnte in Linz und arbeitete als Fahrer bei einer Reinigungsfirma.

Ich sah auf die Uhrenanzeige. Knapp vier. Vielleicht arbeitete Smirnik noch. Ich würde ein wenig Aufklärung betreiben und mich bei seinem Arbeitgeber umsehen. Bis Poldis Auskünfte eintrafen, stagnierte mein Fall ohnehin. Auf Knopfdruck begann der Motor zu grollen und erschreckte einen Kurzparkzonensheriff, der mit müden Blicken die Autos kontrollierte.

Hinter einem großen Spar-Markt in der Nähe von SauberKraft parkte ich den Mercedes und zog mich darin um. Ich schlenderte an einer Gießerei, einem Reifenlager und an Stapeln schwarzer Schlauchrollen hinter einem hohen Zaun vorbei. Es roch nach Teer und Trennscheibenstahlspänen. Trotz Parkplätzen auf beiden Seiten war die Straße breit genug, dass zwei Sattelschlepper bequem aneinander vorbeikonnten.

Ich trug billige Laufschuhe made in China, von fleißigen Kinderhänden genähte schwarze Jeans und einen schwarzen Kapuzensweater in XXL mit geräumigen Seitentaschen. Sonnenbrillen aus dem gleichen Laden wie die Schuhe vervollständigten mein Satanistenoutfit.

Ein weißer Kleinbus fuhr heran und hielt vor dem

Eingang von SauberKraft. Frauen in blauen Kitteln und Kopftüchern stiegen aus und holten Eimer und Besen aus dem Laderaum. Der Fahrer, ein muskulöses Kerlchen in Hemdsärmeln und engen Jeans, ging zum Heck. Zwei Hemdknöpfe waren offen. Ein beginnender Bauchansatz hing über den Gürtel.

Smirnik. Recht groß war er nicht.

Eine der Damen ließ vor Schreck einen Schrubberstiel fallen, als er die Hecktür zuknallte und sie knapp verfehlte.

Mittlerweile lehnte ich rauchend an der Mauer von Galvano Gumpinger und sah dem Treiben auf der anderen Straßenseite zu. Hilfsarbeiter macht Pause. Ich sog ohne zu inhalieren an meiner Tarnzigarette. Bettina würde die Nase rümpfen und mich zweimal Zähneputzen schicken.

Die Putzfrauen, jetzt in Zivil und mit Handtaschen, erschienen wieder und gingen schnatternd zur Bushaltestelle. Ein Bus kam und sie fuhren weg.

Ich zündete eine neue Zigarette am Stummel der letzten an und wartete. Kettenrauchender Faulpelz legt es darauf an, entlassen zu werden.

Plötzlich stürzte Smirnik heraus, offensichtlich unzufrieden mit dem Verlauf seines Feierabends. Er lief zum Kleinbus, stieg ein und schlug die Tür unnötig fest zu. Mit aufheulendem Motor schoss er auf die Straße und verschwand. Reifenquietschen verebbte in der Ferne.

Eine schnelle Fuhre noch? Einspringen für einen anderen Fahrer? Ich ging weiter. Rauchpause beendet.

Die meisten Parkplätze an den Firmengebäuden waren bereits leer. Aus den Spalten zwischen Asphalt und Hausmauern wucherte langes Gras, in dem sich Zeitungsfetzen verheddert hatten. In einem schmalen Grünstreifen lagen leere Verpackungen und Bierdosen. Eine Stelle war mit rostigen Rohrstücken und zerbrochenen Ziegeln übersät. Ein rot schimmernder VW Golf mit extrabreiten Reifen und teuren Alufelgen stand allein da. Das Kennzeichen stimmte mit dem auf dem Ausdruck überein. Hinten abgedunkelte Scheiben und chromglänzende Auspuffrohre, vorn ein Spoiler, der fast bis zum Boden reichte. Smirnik achtete auf sein Auto.

Ich sah mich um. Die Straße war in beiden Richtungen menschenleer. Solche Angebote soll man nicht zurückweisen. Ich zog meine alten Diensthandschuhe aus kevlargefüttertem Leder an. Obligat bei Demonstrationen, Durchsuchungen und Festnahmen, behüteten sie meine zarten Hände vor Schnitten, Stichen und Abschürfungen. Außerdem behielt ich damit meine Fingerabdrücke für mich.

Mit einem robusten Klappmesser stach ich zweimal in jede Reifenwand. Das war immer ein bisschen wie Dosenöffnen und verursachte keinen Lärm. Ich hob eines der herumliegenden Rohrstücke auf und schlug zweimal wuchtig gegen die Windschutzscheibe. Ein dumpfer Knall und sie zerbarst vollständig. Das Auto litt still. Keine Alarmanlage. Die Scherben der Heckscheibe blieben an der schwarzen Folie kleben. Ich hielt kurz inne. Keine Bewegungen hinter den Fenstern, keine Reflexionen im Glas. Niemand auf der Straße, keine Einsatzfahrzeuggeräusche. Ich behandelte Scheinwerfer und Motorhaube. Weil alles ruhig blieb, nahm ich mir noch Zeit, die Fahrersitzpolster großzügig aufzuschlitzen.

Damit hatte ich schon einmal eine gute Gesprächsbasis hergestellt.

Zufrieden warf ich das Rohr ins Gras, ging davon und bog in die nächste Querstraße ein. Ich zog meinen Sweater aus und stopfte ihn in eine mitgebrachte Plastiktüte. Die nächste Straße rechts brachte mich wieder zum Auto zurück. Hilfskraft auf dem Heimweg.

7

Während ich das würzige Frühstücksbrot dick mit Marillenmarmelade bestrich, begann mein Telefon zu zirpen und wurde immer lauter. Bis ich meine klebrigen Finger abgeleckt und den Anruf angenommen hatte, hätte es sich fast vom Küchentisch vibriert.

Poldi war dran. *»Servus Kant. Ich hab gehört, ein Bekannter hat Probleme mit seinem Auto. Der Arme.«*

Ich sah zur Kaffeemaschine neben dem Herd, die ein endgültiges Gurgeln als Kaffee-fertig-Signal ertönen ließ. Eine halbe Stunde später wäre mir auch noch recht gewesen.

»So was gibt's«, antwortete ich und nahm eine Kaffeetasse aus dem Hängeschrank. Poldi war ein richtiger Informationskrake geworden, seit seiner Zeit beim BVT. »Dreiphasenplan«, informierte ich ihn, dass das Projekt Smirnik noch im Laufen war. Ich schmatzte dabei leise wegen der Marillenmarmelade.

»Ah so?«, bemerkte er zufrieden. *»Was scheppert da?«*

»Ich zerstöre gerade ein Geschäftslokal, das seine Schutzgelder nicht bezahlt hat.«

»Ma, Kant, du bist so deppert«, sagte Poldi seufzend. *»Also echt. Du, ich hab was für dich. Deine Autos*

kannst vergessen. Eines ist auf einen Internet-Telefonshop zugelassen, der Rest sind alles Mietwagen von verschiedenen Verleihern.«

Ach ja. Ich erinnerte mich an die Aktivitäten neben dem Lagerhaus. Die Kennzeichen der Transporter brauchte ich zwar gar nicht, hatte Poldi aber trotzdem die ganze Liste gegeben. Ich verlieh meiner Enttäuschung Ausdruck, indem ich schwieg. Zum Trost schnupperte ich den frischen Kaffeeduft.

»Nur der Audi«, sagte er.

Also doch noch. Informationen weiterzugeben, fiel Poldi viel schwerer, als welche zu sammeln. Ich stellte die Zuckerdose auf den Tisch und schwieg weiter, bis er es nicht mehr aushielt.

»Der ist ein Treffer. Bist du noch da?«

»Bitte Poldi, jetzt sag schon, sonst wird mein Akku leer.«

»Ungeduld ist aber keine Tugend.«

»Leute auf die Folter spannen auch nicht.«

»Der Audifahrer ist ein alter Bekannter. Kevin Bloderer. Hat wegen Körperverletzung in Stein gesessen. Dort sind ihm zwei Mithäftlinge praktisch unter der Hand zerbrochen. Hat sich auf Notwehr ausgeredet, weil sie auf seinen knackigen Hintern scharf gewesen sein sollen. Seit einem Jahr ist er auf Bewährung draußen, weil's seine erste Strafe war. Hat einen Computerkurs gemacht. Wegen der Sozialprognose.« Poldi lachte. *»Fast so wie du. Jetzt arbeitet er von acht bis zwölf, der Brave.«*

»Wie kann sich der einen neuen A5 leisten?«, sagte ich. »Der Kevin?«

»A5 Sportback«, korrigierte Poldi. *»Ja, das wirst vermutlich du mir sagen. Der ist zwar auf Zack, also nicht dumm oder so, aber nur ein kleines Licht.«*

»Vielleicht ist dem der Richter Franz auch unter der Hand zerbrochen?«, sagte ich.

»Den Bericht von der Polizeiinspektion hab ich gerade gelesen. Die Beamten haben nichts festgestellt, was auf ein Verbrechen hingewiesen hätte. Keine Kampfspuren, keine Werkzeugspuren oder Kratzer an der Tür. Laut Nachbarn hat auch nichts gefehlt. Die Tür war halt unversperrt, aber vielleicht hat der Richter auch nur vergessen abzuschließen. Der war ja Alkoholiker.«

»Laut Gemeindearzt ist er aber schon ein paar Jahre trocken gewesen«, sagte ich.

»Jedenfalls lag nichts vor, was eine weitere Untersuchung gerechtfertigt hätte«, sagte Poldi.

»Gib mir die Adresse.« Ich notierte Bloderers Daten. »Und was ist mit dem Exfreund?«, sagte ich.

»Ja, der Smirnik«, sagte Poldi. *»Richtig. Ich sag dir gleich, viel ist es nicht. Der hat im Gefängnis immer wieder Zigaretten und Kaffee gestohlen. Sehr geschickt, jedenfalls so lange, bis ihn einer der Fazis im Zellenhaus einmal ertappt hat. Daraufhin haben ihn die Geschädigten schwer verdroschen und sind schnell draufgekommen, dass er recht wehleidig ist und gleich winselt.«*

Ich schenkte mir Kaffee ein.

»Ab da war's natürlich noch viel schöner«, fuhr Poldi fort. *»Seitdem war er dann halt mehr der Gemeinschaftssklave und hat noch ein paar Abreibungen bekommen. Damit er im Training bleibt, haben seine Mithäftlinge gesagt. Abgehärtet ist er dadurch nicht geworden.«*

Ich löffelte Zucker in die Tasse und rührte um.

»Eitel ist er auch. Denen im Krankenrevier ist er unendlich auf die Nerven gegangen. Ob das gebrochene Näschen wieder so gerade wird wie vorher und ob man auch wirklich nichts bemerkt. Trinkst du gerade Kaffee?«

»Mhm«, sagte ich und kostete. Nicht schlecht.

»Er wäre gern der superharte knastgestählte Typ. Am liebsten Fremdenlegionär. Vor allem natürlich Frauen gegenüber. Zum Beeindrucken. Aber tatsächlich ist er ein wehleidiges, gemeines Arschloch«, sagte Poldi.

Susi musste ihm ordentlich eingeheizt haben, dass er so in Stimmung war. Aber Bettina würde mir in diesem Fall auch einheizen.

»Und brutal und hinterlistig. Auch vor allem Frauen gegenüber.«

»Eitel. Wehleidig. Super. Alles klar. Danke Poldi.« Ich legte auf.

Naja. Worauf hatte ich gehofft? Dass er Angst vor Spinnen hatte und ich ihn mit einem Weberknecht schrecken könnte? Ich machte mir keine Illusionen. Smirnik Angst einzujagen, war ein sehr flüchtiges Mittel. Um die Bedrohung dauerhaft abzuwenden, müsste man ihn wegsperren oder töten. Ich würde tun, was ich konnte.

Aber erst Bloderer.

*

Ich stellte mein Telefon auf »Eigene Nummer nicht senden« und rief Bloderers Arbeitgeber an.

»Kleber AG, guten Tag«, meldete sich eine gehetzt klingende Frauenstimme.

»Herrn Bloderer, bitte.«

»Einen Moment.«

Ich wartete und sah durchs Autofenster den flauschigen Wolken zu, die sich vom Wind schubsen ließen.

»Bloderer, hallo?«, hörte ich. Schnell und sehr ungeduldig.

Ausgezeichnet. Von dort würde er mindestens eine dreiviertel Stunde bis nach Hause brauchen. Freie Bahn für Kant.

»Spreche ich mit Herrn Röderer?«

»Nein, Bloderer«, informierte er mich missgelaunt.

»Entschuldigen Sie, bitte.«

Ich legte wieder auf, zog einen mitgebrachten blauen Arbeitsmantel mit der Aufschrift »Linz AG Strom« an und hängte eine Werkzeugtasche über meine Schulter. Der frische Wind und die 12 Grad Außentemperatur rechtfertigten meine Haube. Den Mietwagen hatte ich in sicherer Entfernung auf einem Bewohnerparkplatz geparkt.

Der Stadtteil Bindermichl war eine gute Wohngegend. Bloderer wohnte in einem ockerfarbenen dreistöckigen Altbau, der sich wie ein überdimensionierter Vierkanter auf die Straßenzüge gesetzt hatte. Eine Allee alter Bäume trennte den breiten Gehsteig von der Straße. Vor der Fassade war ein Rasenstreifen. Das schmucke Gebäude hatte schon ein paar Renovierungen hinter sich. Die geschwungenen Torbögen an den Ecken waren mit Stahlgitter-Upgrades versehen, um Voyeure und Kindesentführer vom grünen Innenhof fernzuhalten.

Ich roch an meinem Arbeitsmantel und war ganz froh um den Wind. Vielleicht sollte ich meine Verkleidungen wieder einmal waschen.

Auf dem blank geputzten Messingtableau klingelte ich sicherheitshalber bei Bloderer. Keine Antwort. Gut. Dann versuchte ich mein Glück bei Madersperger.

»Ja, bitte?«, tönte die brüchige Stimme einer älteren Frau aus der Türsprechanlage.

»Linz AG Strom. Ich muss zum Zählerkasten. Lassen Sie mich rein, bitte?«

Für den Fall, dass Frau Madersperger misstrauisch aus dem Fenster lugte, kramte ich in meiner ledernen und ziemlich ramponierten Werkzeugtasche, nahm verknitterte Zettel heraus, studierte sie, und stopfte sie wieder hinein. Sogar ein paar Kabel ragten heraus. Authentische Elektrikerperformance.

Mantel und Werkzeugtasche hatte ich vor zwei Jahren aus einem kleinen Linz AG Lieferwagen gestohlen. Amtshilfe quasi.

Der Türöffner surrte und ich drückte die schwere Haustür auf. Frau Madersperger wollte keinen Blackout riskieren.

Ich ignorierte den nachträglich an der hofseitigen Wand installierten Glasaufzug und benutzte die Treppe. Die Stufen und das Geländer waren aus dickem Holz, das nach jahrzehntelanger Bohnerwachsimprägnierung roch. Im Halbstock standen Topfpflanzen am Fenster. Ich riss ein Efeublatt ab und stapfte weiter, bis ich im dritten Stock vor zwei einander gegenüberliegenden Wohnungstüren stand. Gutes Material. Stabile Rahmen, Sicherheitsschlösser, keine Briefschlitze.

Mit etwas Spucke klebte ich das Efeublatt über den Türspion von Bloderers Nachbar. War viel unverdächtiger als Klebeband. Würde lange genug halten, um ungesehen die Tür knacken zu können und nach Spucketrocknung automatisch zu Boden fallen. DNA im Stiegenhaus machte mir auch keine Sorgen.

Ich verharrte still und lauschte. Nur Staubsaugergeräusche aus dem unteren Stockwerk. Sonst Ruhe und Frieden.

Bloderers Tür hatte einen massiven Schutzbeschlag und darüber ein Zusatzschloss. Ich wettete, dass es nicht versperrt war. Ein paar Wochen nach dem Einbau ließ der Zusperrfanatismus immer nach. Ich zog Vinylhandschuhe an und kramte eine elektrische Pick

Gun aus den Tiefen der Tasche. Das Klackern war nur unwesentlich lauter als die Staubsaugergeräusche. Ich war nicht mehr in Übung und brauchte fast eine ganze Minute dazu. Eine lange Zeit in einem feindlichen Stiegenhaus. Ich drehte das Schloss mit dem Spanner. Die Tür ging auf. Bloderer hatte sie nur ins Schloss fallen lassen und nicht versperrt. Sehr leichtsinnig von ihm.

Ich trat ein, machte die Tür sanft zu und wartete zwanzig Sekunden. Gut gedämpfter Straßenlärm. Kühlschrankbrummen aus der Küche. Schlecht gelüftet. Dagegen war mein ungewaschener Arbeitsmantel Ambrosia.

Ich packte meine Utensilien in die Tasche, stellte sie auf den Boden und zog blaue Kunststoffüberzieher aus der Intensivstation über meine Laufschuhe.

Von einem langen Gang zweigten links und rechts Türen ab. Großzügig angelegt. Sicher nicht billig. Ich eilte von Raum zu Raum, öffnete alle Türen und vergewisserte mich, dass die Wohnung leer war und Bloderer nicht etwa eine Freundin im Erschöpfungsschlaf zurückgelassen hatte. Dann klemmte ich als Überraschungsverhinderung zwei Kunststoffkeile unter die Wohnungstür und begann mit dem Stöbern.

Vollausgestattete Küche mit Esstisch, neuen Siemens Geräten und High-Tech-Kaffeemaschine. Ich sah in alle Schränke, Fächer und Schubladen. Power bars und Kilodosen mit Proteindrinks. Muscle diet für Bodybuilder. Auf der Innenseite eines Schranks klebte ein Zettel, auf dem das Mischungsverhältnis von Eiweißpulver und Wasser stand. Daneben war ein Stundenplan, wie man ihn beim Schulsacheneinkaufen an der Kassa bekam:

Mo 18-20 Brust Rücken. Di 18–20 Schulter Arme. Mi 18–20 Rücken Brust Bauch. Do 18–20 Beine Waden.

Motiviert, aber monoton. Am Freitag und am Wochenende hatte er frei.

Ein mannshoher Kühlschrank mit Eiswürfelbereiter, Bier, Energy Drinks und plastikverpacktem Putenfleisch. In der Gemüselade schimmelige Karotten und ein verschrumpelter Salat. Benutztes Geschirr in der Spüle, diverse Flecken auf der Arbeitsplatte. Biohazard.

Im großen Bad geschmackvolle Fliesen und eine bis an die Decke verglaste Duschkabine mit einer Batterie kompliziert aussehender Brauseköpfe. Ein in die Fliesen eingelassener Spiegel bedeckte die Wand über dem Waschbecken und war voller eingetrockneter Wasserflecken. Haare auf dem Boden und in der Dusche, Zahnpastareste auf dem kleinen Fransenteppich.

Ich war froh um die Handschuhe und Schuhüberzieher. Wenn ich nicht aufpasste, war die Wohnung nach meinem Besuch sauberer als vorher.

Ein Raum mit nichts außer einer Hantelbank, Gewichten und einem Plastiksessel drin. Benutzte Sportkleidung und ein Handtuch darüberdrapiert. Abgestandener Schweißgeruch erinnerte mich an die Turnsäle meiner Schulzeit.

Ich schloss die Tür hinter mir und machte eine mentale Notiz, Atemschutzmasken in mein Inventar aufzunehmen.

Das Schlafzimmer mit zerwühltem Kingsize-Bett und hangargleichem Schrank. Teures Holz mit dezenten Chromleisten eingefasst, in der Mitte glänzende Kunststoffflächen. Ein riesiger Flach-TV-Schirm und DVDs. Action und Porno. Eine Schachtel Kondome. Genau das Richtige zur Resozialisierung. Die Türen des Schranks glitten lautlos zur Seite. Im Licht der automatischen Innenbeleuchtung griff ich in alle Taschen der Anzüge. Boss, gute Qualität, ein weißer und drei schwarze. Der Geruch nach einem scharfen Deodorant. Hemden, Wäsche, ein paar Jeans. Ich fummelte zwischen den Wäschestapeln nach Verstecktem. Nichts.

Im Wohnzimmer eine braune Ledercouch in Übergröße, die auch in ein Flughafengate gepasst hätte. Kissen und Kartoffelchipsbrösel. Ein niedriger Holztisch mit benutzten Gläsern. An der Wand gegenüber der gleiche Flach-TV-Schirm wie im Schlafzimmer. Ich durchsuchte das Designerschränkchen darunter und sah in alle DVD-Hüllen. Nochmal Action und Porno. Durch die dünnen Vorhänge drang helles Tageslicht. Nirgends Pflanzen. Lautsprecher einer teuren Surroundanlage. Am Fenster ein kleiner Schreibtisch mit Computerzeug, Tintendrucker und Notebook. Daneben Computerzeitschriften und ein schiefer Stapel mit Post. Ich blätterte alles durch.

Werbung. Kursangebote vom WIFI. Eine Rechnung

und ein Gutschein vom Pacific Palace, einem Fitnesscenter. Bloderer zahlte sogar Fernsehgebühren. Keine Handyrechnung. Oder bekam er die per E-Mail?

Kontoauszüge und Lohnzettel sah ich mir näher an. Er war als Softwaretechniker eingestellt. Angesichts seines Gehalts musste es sich um Sklavenarbeit handeln. Verurteilte auf Bewährung können es sich eben nicht aussuchen. Vorprogrammierte Rückfallsquote. Auf dem Konto ebenfalls nur ernüchternde Beträge.

Wer finanzierte diese Wohnung? Das Auto? Hatte Bloderer vielleicht eine zahlungskräftige Großmutter?

Ich klappte das Notebook auf und schaltete es ein. Es fragte nach Benutzernamen und Kennwort. Pech gehabt. Ein paar meiner Exkollegen waren gut mit so was, die konnten das knacken. Ich nicht. Dafür hatte ich wenigstens vorgesorgt. Ich steckte einen mitgebrachten USB-Stick an und drückte den Schalter nochmals. Nach einer Weile intensiven Festplattengeraschels versank das Notebook wieder in Schlaf. Ich nahm den Stick wieder an mich. Hoffentlich waren die Server noch aktiv. War schon eine Weile her.

Nirgendwo ein Hinweis auf kriminelle Tätigkeiten. Kein Zusammenhang mit dem Besuch auf der Mihaela. Die ganze Wohnung passte mehr zu einem verwahrlosten Playboy als zu einem Exknacki mit Halbtagsjob. Trotz Computerkurs und erstklassiger Sozialprognose.

Ich trat in den Flur. In einer Nische stand ein schwerer Bauernschrank mit sechs Schubladen im Halbdunkel, an dem ich vorhin achtlos vorbeigegangen war. Ich überlegte, das Licht einzuschalten, hatte aber keine Lust, den Türspion abzukleben. Eine nach der anderen zog ich die Schubladen auf und leuchtete mit meiner kleinen LED-Lampe hinein. Zerknüllte Plastiksackerl von Billa und Spar, ausgetretene Schuhe und eine gefaltete Wolldecke.

Auf dem Bauernschrank stand ein weißer Holzkasten mit zwei Schiebetüren. Er reichte über die gesamte Breite der Nische bis zur Decke, war nur tief genug für Bücher und völlig leer. Dahinter müsste ein freier Raum sein, in dem man Dinge verbergen konnte. Doch dazu müsste man erst den Holzkasten herunterheben. Das wäre mir zu mühsam als Versteck.

Ich leuchtete die Ränder ab. Der Schrank passte genau, rundum waren höchstens ein paar Millimeter Platz. Er ließ sich auch nicht verschieben. Vielleicht doch kein Versteck. Ich öffnete die linke Schiebetür nochmals und leuchtete hinein. An einer Stelle schimmerte die Rückwand etwas sauberer und heller als der Rest. Abgegriffen. Ich klopfte sacht dagegen und drückte. Sie bewegte sich ein Stück nach rechts. Ich steckte einen Finger in den entstandenen Spalt. Die Rückwand ließ sich verschieben wie eine zweite Tür.

Dahinter stand eine schwarze Sporttasche aus Nylon. Tief befriedigt hob ich sie heraus. Mister Bloderer war einfach zu faul, jedes Mal den Inhalt des Kastens aus- und einzuräumen, wenn er sein Versteck befüllte. Ich sah auf die Uhr. Dreiviertelzwölf. Knapp.

Ich stellte die Tasche im Wohnzimmer auf den Boden und öffnete sie.

Zwei dicke Banknotenbündel. Eines mit Hundertern und eines mit Fünfzigern. Leicht zehntausend Euro. Drei deutsche EU-Pässe mit einer gelben Haftnotiz, auf die »Lavallon + Jurcic: Gavril.« geschrieben war. Ich blätterte die Pässe durch. Niemand hieß Lavallon, Jurcic oder Gavril. Keine Einreisestempel, keine Visa. Ich knipste meine Taschenlampe an und ließ den Lichtstrahl über die Seite mit dem Foto wandern. Adler, Sechseck und Sterne, D für Deutschland. Auch das Passfotodoppel erschien an der richtigen Stelle. Das Wasserzeichen war gut erkennbar. Wenn das Fälschungen waren, dann recht gute. Poldi würde sehr daran interessiert sein.

Und eine Jausendose aus Plastik. Ich öffnete die Dose und nahm drei Kunststoffbeutel heraus. In einem waren weitere Ziplocbeutelchen mit weißem Pulver drin. Im nächsten befanden sich mit Heftklammern verschlossene Plastiksäckchen mit krümeligem graugrünem Zeug. Kokain und Marihuana. Der letzte Beutel enthielt Folien mit roten, blauen und grünen Tabletten auf denen jeweils Wellenlinien, Kreise und Pluszeichen aufgedruckt waren. Wie auf den Testkarten für außersinnliche Wahrnehmung. Für jeden etwas.

Bloderer, du Hund, hast du das von der Mihaela geholt?

Ein leiser Gong drang an meine Ohren und ich

hörte, wie sich die Lifttüren öffneten. Jemand schlurfte vor die Tür.

Ich erstarrte. Schlüssel ins Schloss hieß, ich würde alles in die Tasche stopfen und mich bei der ersten Gelegenheit damit aus dem Staub machen. Mit Glück würde Bloderer kurz weggehen, um Werkzeug oder Hilfe zu holen, wenn er meine Keile nicht überwinden konnte.

Die Nachbarstür wurde geöffnet und wieder zugeschlagen. Entwarnung.

Ich startete die Kamerafunktion meines Telefons und schlug die Pässe auf. Plötzlich begann es zu zirpen. Bettina. Ich wies den Anruf ab und versuchte es noch einmal. Es zirpte wieder. Also gut. »Ich rufe dich …«

»Ich wollte dir nur ganz kurz was sagen«, rief sie. Verkehrslärm mischte sich in ihre Worte. *»Du wirst es nicht glauben.«*

»Bettina, ich bin gerade …«

»Ich muss gleich wieder weg. Du erinnerst dich doch noch an Eva und Bernhard?«

Dunkel. »Ja«, sagte ich, um das Gespräch nicht unnötig hinauszuzögern. Der Dicke? Hatte sie mit dem einmal etwas gehabt?

»Die sind gerade zusammengezogen, stell dir vor. Damit hat wirklich niemand gerechnet.«

»Aha.« Ich sah auf die Uhr. Zwölf Uhr fünfzehn.

»Weißt du, wo sie jetzt wohnen?«

»Nein.« Unter das Gummiband eines Geldbündels war ein gefaltetes Blatt Papier geschoben. »Wo denn?«

»Das errätst du nie.«

»Sag es mir bitte«, flehte ich und zog das Papier heraus.

»Im neunten Bezirk. Genau dort, wo wir auch einmal hinziehen wollten. Ist das nicht ein Zufall?«

Wann hatten wir dort hinziehen wollen? Wir waren mit unseren eigenen Wohnungen vollauf zufrieden gewesen.

»Ein wunderschöner Altbau mit Parkett und hohen Räumen. Sie suchen gemeinsam Fliesen fürs Bad aus. Bernhard will eine möglichst große Duschkabine.«

»Aha«, sagte ich. Eine Excelliste. »Super.« Vielleicht konnte ihnen ja Bloderer einen Tipp geben. Zwölf Uhr siebzehn.

»Wolltest du nicht auch immer ein großes Badezimmer?«

Es tutete leise. Das hieß, mein Akku wurde langsam leer. »Bettina, weißt du …«

»Jaja, ich seh schon, dich interessiert das nicht …« Motorengeräusche wurden lauter und überlagerten den Rest des Satzes. Dann wurde es still. Anruf beendet.

Mist. Ich musste sie nachher zurückrufen.

Auf der Liste waren Namen und Telefonnummern. Franz Richter stand darauf.

Allerdings war der Name durchgestrichen.

Halb eins. Bloderer konnte jeden Moment in der Tür stehen. Ich fotografierte die Liste und die Pässe, packte eilig alles in die Tasche, wie es gewesen war und platzierte sie wieder in ihrem Versteck. Ich lauschte kurz, blickte durch den Spion und entfernte meine Gummikeile.

Im Erdgeschoß stand eine kleine gebückte Frau mit weißem Haar vor den Brieffächern. In einer Hand hielt sie einen großen Schlüsselbund, in der anderen Briefe und Werbeprospekte. Sie musterte mich misstrauisch aus roten Augen.

»Grüß Gott«, sagte sie.

»Grüß Gott, gnä' Frau«, erwiderte ich in leidendem Tonfall und seufzte abnormal tief. »Die haben mich schon wieder zur falschen Adresse geschickt.«

»Ah, Sie sind der Elektriker.« Sie schüttelte ihr runzliges Haupt. »Na solche Deppen. Sie machen sich auch was mit, Sie Armer.«

»Sie wissen ja gar nicht, wie recht Sie haben. Einen schönen Tag wünsche ich Ihnen.«

*

Bei Bettina war dauernd besetzt. Ich ging zum Küchentisch und steckte mein Handy samt Ladegerät am Notebook an. Dann füllte ich die Kaffeemaschine und schaltete sie ein. Als alle Fotos überspielt waren, startete ich das Bildbearbeitungsprogramm und sah mir die Pässe an. Hugo Thelmann, Robert Schmidt, Hans Peter Maier. Normgerechte Passfotos, keiner der drei lächelte.

Anhand der Bilder war es unmöglich, die Herkunft zu schätzen. Das konnten wirklich Deutsche sein, genauso gut aber auch Ukrainer oder Albaner. Google wusste rein gar nichts über sie. Für wen waren die bestimmt? Und die Namen auf dem Post-it? Waren das Bloderers Kumpels? Lavallon klang französisch. Die anderen beiden hörten sich irgendwie östlich an.

Ich holte mir Kaffee, nahm einen Schluck und verbrannte mir die Lippen. So östlich wie Mihaela. Ich stellte die Tasse schnell wieder hin und surfte zur Schiffstracking-Seite. Es gab eine Gavril, die unter rumänischer Flagge fuhr. Ship type cargo. Sie lag in Ingolstadt vor Anker und würde am Montag in Linz eintreffen.

Heute war Mittwoch. War Bloderer unter die Reeder gegangen?, fragte ich mich und zügelte mich gleichzeitig. Vor der Analyse erst alle Informationen sichten.

Das Foto der Excelliste war nicht besonders gut. Ich erhöhte Kontrast und Helligkeit und zoomte so lange hin und her, bis ich sie einigermaßen entziffern konnte. Zeilen mit Namen, Telefonnummern und Orten. Tschisi, Toni, Dackel Peter und so weiter. Nur Richter war Richter. Vielleicht war er zu alt für einen zünftigen Decknamen gewesen.

Allhaming, Donaublick, Gmunden Esplanade, Lindach Nord. Zwei Autobahnraststationen, eine Seepromenade und ein Aussichtspunkt. Gute Orte für anonyme und unverdächtige Begegnungen. Ein Eintrag lautete auf »Opal«. Ein zwielichtiges Szenelokal mit Räumen wie ein Fuchsbau. Es galt als Anlaufadresse für Kokser auf dem Trockenen.

Die folgenden Spalten, beschriftet mit Jänner bis Dezember, enthielten handgeschriebene Zahlen und Buchstabenkürzel. Die letzte Eintragung bei Richter lautete auf »500« im Februar. Ein paar der anderen waren schon bei Mai. Manchmal stand »2K« oder »5G« dort.

Koks? Gras? Vorsichtig trank ich den allmählich abkühlenden Kaffee. Richter war am sechsundzwanzigsten Februar tot in seiner Wohnung gefunden worden. Hatte er sich kurz vor seinem Tod mit Bloderer getroffen? Hatte ihn der auf dem Gewissen? Jemand, dem im Gefängnis zwei Mithäftlinge unter der Hand zerbrochen waren, konnte leicht einem Siebzigjährigen den Hals umdrehen. Und ihn dann als erledigt durchstreichen.

Die Vorwahlen gehörten ausschließlich zu Mobiltelefonen. Ich hatte wenig Hoffnung. Next stop Telefonbuch. Ich tippte die Nummern ein. Kein Treffer. Ich überlegte bereits, was ich sagen sollte, wenn ich alle durchtelefonieren würde, als plötzlich »Blumen senden? Postkarten senden?« angezeigt wurde. Peter Kasberger, Karolingerstraße 7, Leonding.

Dackel Peter.

Zufrieden mit mir selbst, lehnte ich mich zurück und ließ Revue passieren, was ich über Bloderer wusste.

Er hatte im Gefängnis einen Computerkurs gemacht, war auf Bewährung draußen und arbeitete für einen Hungerlohn als Softwaretechniker. Seine Wohnung und sein Auto passten nicht zu seinem Einkommen. Er ging regelmäßig ins Fitnesscenter und sah auch so aus. Vorgestern war er auf der Mihaela gewesen. Er hatte eine Tasche mit Geld und Drogen versteckt. Der Name eines nächste Woche eintreffenden Rumänendampfers stand auf einem Post-it, das auf einem Päckchen mit falschen Pässen klebte. Auf einer mysteriösen Excelliste stand neben anderen auch Richter und war durchgestrichen.

Mein Küchensessel knarrte und quietschte, als ich damit zu schaukeln begann.

Das war ja schon direkt eine Informationsflut. Und bei Bloderer war etwas gewaltig faul.

Woher bekam der das Geld für seinen Lebensstil? Von den Typen auf der Liste? Oder war er der Zahlmeister und entlohnte sie für bestimmte Leistungen, die mir noch nicht bekannt waren? Woher kamen die Banknotenbündel? Würde die Gavril für Lavallon und Jurcic Pässe bringen?

Im hohen Gras schlich eine Katze ums Nachbarhaus. Unter einer Wäschespinne hatte jemand ein Klupperlkörbchen als Besetztzeichen deponiert.

War Bloderer ein Dealer? Die Drogenmenge in der Jausendose entsprach unterstem Endkunden-Einzelhandel. Ein Gramm Koks kostete in Linz zurzeit je nach Qualität und Verkaufstalent gute fünfzig Euro. Ein Zweigrammtütchen Marihuana zwanzig. Geldbündel mit ausschließlich Fünfzigern und Hundertern passten nicht so recht ins Bild. Was hatte Richter für eine Rolle gespielt?

Ich sah auf die Uhr. Kurz vor drei. Ich wählte Bettinas Nummer. Es läutete ein paarmal, dann meldete sich ihre Voicemailbox. Ich versuchte es noch einmal. Diesmal hob sie ab. Na endlich.

»Hallo Bettina«, sagte ich hoffnungsfroh und vernahm nichts als Rauschen. Als würde sie das Telefon an einem Kleidungsstück reiben. »Hallo?« Ich hörte eine Frauenstimme in der Ferne kichern. Dann sagte ein Mann dumpf: *»… aus.«* Anruf beendet.

Mach das Licht aus? Zieh dich aus? Ich halte das nicht aus? Das hatte ich wieder nötig gehabt. Höchste Zeit, mich abzulenken.

Mit einem Knall ließ ich die Sesselbeine wieder auf dem Boden landen. Kasberger. Vulgo Dackel Peter. Der würde mich erleuchten.

Ich ließ mir vom Routenplaner den Weg zu seiner Adresse zeigen. Carpe diem.

*

Karolingerstraße 7 war eines von vier zehnstöckigen Wohnhäusern. Als ich läutete, schlüpfte ein griesgrämiger Pensionist aus der Haustür und ließ sie hinter sich zufallen. Essensgerüche waberten an mir vorbei und verloren sich auf dem Parkplatz vor dem Haus.

Der Pensionist sah meinen Finger auf Kasbergers Klingelknopf und sagte ohne stehenzubleiben: »Der Peter ist mit seinen Hundsviechern spazieren. Ist noch nicht lange munter. Die Hunde sind genauso faul wie das Herrchen.«

»Danke.« Ich sah ihm nach, wie er davonging.

Leonding bot ein großes Einkaufszentrum, ein Geschäftsviertel mit Handwerksbetrieben und ein paar Gegenden mit Wohnungen. Hier war Wohnsilocountry. Mehr als die Hälfte des Gemeindegebiets war aber mit Einfamilienhäusern und Villen jeder Größe bebaut. Je näher an den Wäldern vor dem Donauufer, desto exklusiver die Lage. Wäre ich Hundebesitzer, würde ich lieber dorthin marschieren, statt mein eigenes Nest zu beschmutzen.

Ich fuhr daher in Richtung Zaubertal und drehte große Suchkreise. Nach ein paar Minuten wurden die Grundstücke weitläufiger, die Häuser größer und die Hecken höher. Ich sah einen Mann mit zwei Dackeln an der Leine von der Straße in einen Feldweg einbiegen. Ich parkte ein Stück weiter vorn in der Bucht einer Postbushaltestelle, stieg aus und ging ihm nach.

Der Mann war etwa einssiebzig und trug ein schwarzes T-Shirt und eine ärmellose Jeansjacke. Auf dem Rücken stand »Who dares wins«. Über einer Tarnhose mit schwarz-weißem Muster wölbte sich ein Bauch, als wäre er mit Zwillingen schwanger. Am breiten Gürtel waren Etuis für Leatherman und Handy befestigt. Ein Schlüsselbund mit Flaschenöffner hing an einer dicken Kette und klirrte bei jedem Schritt. Die Schnürsenkel seiner ausgetretenen Laufschuhe schleiften hinterher.

Als mich die Dackel witterten, stürzten sie auf mich zu, bis die Leinen spannten und ihre Vorderpfoten in der Luft hingen. Ich blieb stehen. Die Dackel kläfften heiser. Sie hatten glänzendes Fell und wirkten wohlgepflegt.

Dackel Peter packte sie am Halsband, hockte sich hin und sagte: »Pscht Herzi. Nicht fressen.«

Er hatte ein rundes, gerötetes Gesicht. Spärliche Ansammlungen zentimeterkurzer Haarbüschel bedeckten seinen Kopf wie anspruchslose Sträucher einen Wüstenplaneten.

Die Dackel kamen näher, schnupperten an meinen Beinen und verloren prompt das Interesse. Mit den Nasen am Boden verfolgten sie schwanzwedelnd andere Spuren.

»Herr Kasberger? Ich möchte gerne mit Ihnen reden«, sagte ich. »Ich begleite Sie ein Stück.«

Kasberger zupfte an den ledernen Leinen und sah mich an. Er war unrasiert und roch nach Bier und Schweiß. Zirka dreißig, schätzte ich. Die Hunde stemmten sich mit ihren kurzen Beinen in den Boden und hinderten ihn am Weitergehen.

»Warum denn?«, fragte er mit hoher Stimme und sah sich schnell um. Links ein Maisfeld mit halbwüchsigen Stauden, rechts gelber Raps, dessen zudringlich-klebrigen Geruch ich nicht mochte. Keine Hilfe in Sicht. »Sind Sie von der Polizei?«

Sein Bullendetektor funktionierte einwandfrei. Sogar bei Exbullen.

»Vielleicht«, sagte ich. »Erzählen Sie mir was vom Bloderer Kevin.«

»Den kenn ich gar nicht«, sagte er und sah zu

Boden, als würde er Ameisen zählen. »Ich habe keine Zeit.« Er versuchte, seine widerspenstigen Tiere weiterzuzerren.

»Groß, kurze blonde Haare, Muskeln«, sagte ich. Ich ging neben ihm her und sah ihn an. »Na?«

Er fixierte das kleine Waldstück am Ende des Weges, als ob dort Hoffnung in Sicht wäre. »Lassen Sie mich in Ruhe«, sagte er.

Mir dauerte das alles zu lange. Ich legte meine Hand auf seine Schulter und sah in seine hervortretenden Augen hinter den kleinen Brillengläsern.

»Horch, Dackel Peter, wenn du nicht gleich den Mund aufmachst, steig ich auf deine Viecher drauf.«

Eine leere Drohung. Aber Kasberger wusste das nicht, weil viel kalkulierte Bösartigkeit in meiner Stimme mitschwang.

»Nicht«, japste er erschrocken und stellte sich vor seine knurrenden Dackel. Die Augen traten noch mehr hervor und seine Brillengläser liefen an. »Das dürfen Sie nicht«, sagte er mit pfeifendem Atem. »Vielleicht meinen Sie den Gruber Ernst? Der ist groß und blond.«

»Dann erzähl mir was von dem«, sagte ich.

Die Dackel hörten zu knurren auf und lugten unsicher von mir zu ihrem Herrchen. Kasberger beruhigte sich auch wieder. Wir gingen langsam weiter.

»Der ist Inspektor bei einer Versicherung. Ich bin nämlich Konsulent für ihn«, sagte er stolz.

Konsulent. Ich schwieg und wartete.

»Ich verdiene mir ein bisschen was dazu damit. Das

ist ja nicht verboten. Der Ernst muss Policen abschließen und dazu muss er wissen, wo es etwas zu versichern gibt. Damit er weiß, wen er ansprechen kann.«

»Je wertvoller, desto besser, was?«, sagte ich.

»Genau.« Er nickte. »Ich geh ja immer spazieren mit meinen Babys, da krieg ich alles mit. Warum wollen Sie das überhaupt wissen?«

»Und was kriegst du da alles mit?«, fragte ich.

»Wer ein schönes Haus hat, zum Beispiel«, erläuterte er und zeigte zum Waldstück. »Welche Autos dort stehen. Oder die Weiber, ob die recht viel Schmuck oben haben.« Er griff sich an den dicken Hals.

»Vielleicht auch, wann die Besitzer auf Urlaub sind und ob es eine Alarmanlage gibt?«

»Nein«, rief er erschrocken. »Nicht so was.«

Ich hob einen Fuß und holte aus, wie für einen Elfmeter. »Also was?«

»Nicht.« Er schwitzte noch mehr. »Naja. Sonst weiß der Ernst ja nicht, wann er kommen kann mit seinem Angebot.«

Kasberger tat tatsächlich so, als ob er die Geschichte selber glaubte.

Dackel Peters Treffpunkt war Donaublick. »Wie oft trefft ihr euch?«, sagte ich. »Beim Donaublick oben?«

»Ah.« Er schnappte nach Luft. »Woher wissen Sie, wo wir uns treffen?«

»Ich bin Privatdetektiv«, sagte ich selbstzufrieden.

»Einmal im Monat«, sagte er leise. »Ich rufe ihn an, dann treffen wir uns.«

»Wie lange geht das schon so?«

»Ein Jahr vielleicht«, sagte er. »Nicht ganz.«

Bloderer war seit einem Jahr wieder in Freiheit. Er hatte keine Zeit verloren.

»Wann hast du ihn das letzte Mal getroffen?«, sagte ich.

»Ende April«, sagte er.

2K, 5G. Und bezahlt wurde Kasberger mit Geld und Drogen.

Ich musterte ihn. »Rauchst du das Gras eigentlich selber? Was machst du mit dem Koks? Du bist ja kein Werbeagenturyuppie.«

Jetzt begann er wieder zu schnaufen. »Was für Koks?«, meinte er halbherzig.

»Bitte, Peter«, sagte ich und blickte bedeutungsvoll auf die Hunde. »Halt mich nicht für blöd.«

Er seufzte. »Nein, Bier ist mir lieber. Ich verkauf's. Meine Kunden, die haben einen gescheiten Respekt vor mir. Für die bin ich wichtig.«

Aus Geltungssucht zum Drogendealer geworden. Auch nichts Neues. Von fern drangen Rasenmähergeräusche zu uns.

»Wie hast du den Typ kennengelernt?«, sagte ich.

»In Linz, im Suderstüberl«, sagte Kasberger. »Wir haben ein paar Bier getrunken.«

Kannte ich. Alki-Heaven in der Altstadt. Voll mit Gestrandeten und gescheiterten Existenzen. Obwohl, bei näherer Betrachtung war ich auch so etwas wie ein Gestrandeter.

»Er hat mich gefragt, wo ich wohne und ob ich mir was dazuverdienen will. Weil er neu bei der Versicherung war und da hat man es schwer«, sagte er.

Einträchtig durchquerten wir das Waldstück und traten auf eine Straße mit neuem Kopfsteinpflaster, die sich zwischen protzigen Villen wand. Ich roch frisch gemähtes Gras und nahm ein paar Züge.

»Hatte er manchmal besondere Anliegen?«, sagte ich.

»Einmal wollte er einen Panamera versichern«, antwortete Kasberger. »Gibt es aber keinen bei uns. Nur Neunelfer und Cayenne.«

»Was arbeitest du sonst?«, fragte ich, obwohl ich die Antwort schon kannte. In Polizeikreisen wurden Leute wie Kasberger arbeitsscheu genannt. Drittes Reich hin oder her, der Ausdruck hatte sich hartnäckig gehalten.

»Ich kriege Notstand. Früher habe ich schon gearbeitet. Ich kenne das Arbeitsleben«, sagte er stolz, als wäre er von einem Schlachtfeld zurückgekehrt. Die Worte verloren sich im Getschilpe der Vögel. Seinem Gesichtsausdruck nach zu schließen, musste es die Hölle gewesen sein. »Die wollen alle nur wen mit Schulabschluss«, sagte er.

Ein paar Meter vor uns glitt ein Einfahrtstor zur Seite. Eine braune Limousine fuhr in Schrittgeschwindigkeit heraus und kam auf uns zu. Am Steuer saß ein alter Mann in Anzug und Krawatte und starrte uns an. Ich hörte das Klacken der Zentralverriegelung. Durchs wilde Kurdistan.

Kasberger sah dem beschleunigenden Auto nach. »Es hat ja in der Hauptschule schon angefangen. Da waren auch alle gegen mich.« Er wischte mit der Hand über seine Stirn. »Bitte sagen Sie dem Gruber Ernst nichts.«

»Also hör zu, Kasberger«, sagte ich. »Was du da machst, ist Beihilfe zum gewerbsmäßigen, schweren Diebstahl. Suchtgifthandel haben wir auch noch. Und du und dein Versicherungsexperte, ihr seid eine kriminelle Vereinigung. Klar? Ich täte mir das überlegen.«

»Denen geht so ein Auto gar nicht ab«, protestierte er. »Und zahlen tut eh alles die Versicherung. Krieg ich jetzt Schwierigkeiten deswegen?«

»Nein, nein«, sagte ich. »Die Verdienstmedaille gibt's dafür.« Ich breitete meine Arme aus. »In Gold.«

Er stand da und sah mich an. Die Hunde sabberten aufs Pflaster und wackelten mit den Köpfen.

»Eins bis zehn kriegst du und zwei Drittel musst du absitzen«, sagte ich. »Jahre. Was dachtest du denn? Geh lieber ins WIFI. Mach einen Kurs. Hol den Hauptschulabschluss nach. Mach eine Therapie.«

»Kann ich nicht, mit meinen Babys«, sagte er, zeigte auf die Hunde und schaute vorwurfsvoll. »Wie stellen Sie sich das vor?«

Ich musste Bloderer Tribut zollen. Diesen Grenzdebilen zu rekrutieren, alle Achtung. Wie ein Agentenführer. Ich betrachtete seine Babys. Konnte man Dackelfleisch in die Salami tun?

»Kein Wort zum Blondi, sonst bist du morgen im

Gefängnis«, sagte ich. »Verstanden? Schönen Tag noch.«

Ich drehte mich um und schlenderte zurück. Die Welt war unperfekt.

*

»Ein bisschen höher«, dirigierte mich Julia mit erstickter Stimme. »Mm, dort ist es gut.« Sie lag nackt auf meinem Bett und schnurrte beinahe, während meine Hand von ihren Beinen über den Po zum Nacken glitt. Ich massierte sie sanft. Kerzenlicht flackerte golden auf ihrem Rücken. Leonard Cohen untermalte leise unser Idyll.

Sie hatte mich am späten Nachmittag angerufen. »Kundenservice. Julia Schumann. Guten Tag. Wie sind Sie mit Ihrem Fahrzeug zufrieden?« Sie habe diesen Abend Zeit und würde gerne einen Notfall herbeiführen. In einem Café hatte sie mir Karl Marx nähergebracht, eins kam zum anderen und nun lag ein Knäuel aus engen Jeans samt Höschen in meinem Schlafzimmer.

»Vielleicht mache ich nebenbei noch Jura«, sagte sie. »Mit dem Soziologie-Abschluss hab ich es nur zu den Mietautos geschafft.«

Es war sehr warm, aber als ich mit einem Fingernagel ihre Wirbelsäule entlangstrich, bekam sie trotzdem Gänsehaut.

»Vorher war ich im Kino an der Popcorntheke.«

Momentan war ich froh, dass Wien gute zwei Stunden entfernt lag. Das vermittelte mir ein Gefühl der ungestörten Behaglichkeit. Nestwärme.

»Willst du nicht aufmachen?«, sagte Julia.

»Was?«

Es klingelte noch einmal. Diesmal hörte ich es auch.

»Keine Ahnung, wer das sein kann. Wird schon wieder aufhören«, sagte ich.

Das Geklingel ging in einen Dauerton über. Ich rappelte mich auf, zog die Schlafzimmertür hinter mir zu und öffnete arglos.

Bettina stand da. »Warum machst du nicht auf? Ich dachte, ich schlafe bei dir.« Sie bückte sich nach ihrer Reisetasche. »Morgen treffe ich jemand von der Baufirma in Linz.«

Die Situation erforderte blitzschnelle Entscheidungen. Sollte ich Verstärkung anfordern? Körperkraft anwenden? Die Waffe ziehen? Alles tausendmal geübt und durchgezogen. Leider nur mit Kriminellen.

»Wie siehst du denn aus?« Sie zeigte auf mein Hemd, das noch von zwei Knöpfen zugehalten wurde.

Das Stiegenhauslicht erlosch und ließ uns im Dunkel zurück. Vielleicht war Bettina verschwunden, sobald das Licht wieder anging? Oben drückte jemand einen Taster. Falsch gedacht. Hoffentlich hatte ich meine Shorts richtigherum an. Es war unangenehm zugig. Bratengeruchsreste und Kohldüfte drangen herein. Vom warmen Bett ins kalte Wasser. Auf den Atem konzentrieren. Kühlen Kopf bewahren. Ich stellte mir die Konsequenzen einer Bettina-Julia-Begegnung vor, allesamt unschön. Rein technisch mochten wir getrennt sein, aber dieses Detail würde mich nicht retten. Bettinas Ausbrüche bargen immer eine gewisse Sprengkraft.

Treppab hüpfende Schritte näherten sich.

»Na, Sie haben wohl immer was in Arbeit«, sagte Willi Weichselbaum laut und vergnügt. »Nach Bulgarien brauchen Sie sicher nicht.« Er zwinkerte uns im Vorbeigehen zu.

Ich nahm mir vor, ein ernstes Wort mit ihm zu reden.

Bettinas Augen verengten sich merklich.

»Er macht eine Kur«, erklärte ich schnell. »In Bulgarien.«

Aus der Wohnung drang ein Poltern. Julia musste gegen die Lampe gestoßen sein.

»Hast du Besuch?«, fragte Bettina ungläubig. Die Enthüllungsjournalistin hatte Blut geleckt.

Nun lag tatsächlich ein Notfall vor. Julia räkelte sich im Reaktorbecken und nur eine dünne Ziegelwand stand zwischen mir und einer Katastrophe. Ich wischte mit dem Handrücken über den Mund und hoffte, damit Lippenstiftspuren zu beseitigen. Wenigstens hatte ich meinen Brennstab unter Kontrolle.

Ich entschied mich dafür, Verstärkung anzufordern. »Poldi«, krächzte ich.

»Poldi ist bei dir?«

»Er ist völlig verzweifelt«, sagte ich. »Wir haben

ein bisschen getrunken.« Ich zupfte an meinem verknitterten Hemd.

»Wieso …«

»Wegen Susi.«

»Susi?«, rief Bettina alarmiert. »Hat sie ihn verlassen? Betrogen?«

Ich nickte, hob meine Schultern und breitete die Hände aus. »Ihm geht's sehr schlecht«, sagte ich mit Grabesstimme.

»Susi war immer schon so flatterhaft«, sagte Bettina. »Der arme Poldi.«

»Er soll erst mal bei mir übernachten.«

»So ein Miststück.«

»Und morgen sieht die Welt schon ganz anders aus«, sagte ich hoffnungsvoll.

»Dich sieht sie auch immer so an, diese Schlampe.« Sie stellte ihre Tasche wieder ab. »Ach, ihr Männer«, sagte sie mit sanfterer, beinahe mütterlicher Stimme. »Eure Gefühle in Alkohol zu ertränken, ist keine Universallösung.« Sie lächelte gönnerhaft. »Sag ihm, er muss mit ihr reden, das ist das Einzige, was hilft.«

Ich versprach, Poldi gut zuzureden.

»Da lasse ich euch lieber allein«, sagte sie. »Ich werde bei Mama übernachten.« Bettina holte befriedigt Luft. »Die Susi. Das war ja nur eine Frage der Zeit.« Sie kniete sich zur Tasche und kramte darin.

Vom Keller her hörte ich Flaschenklirren.

»Deine Pistole lasse ich dir aber da«, sagte sie und stand mit meiner Steyr GB in der Hand wieder auf.

In meinen Ohren brauste es. Bewaffnet war sie also auch. Hoffentlich blieb Julia drinnen.

Willi Weichselbaum stieg mit zwei Bierflaschen die Treppe hoch. Er starrte auf die Waffe wie ein Goldfischglasbewohner. Klugerweise verkniff er sich diesmal jede Bemerkung und verschwand schnell nach oben.

»Poldi kann froh sein, dass er einen Freund wie dich hat.« Bettina reichte mir die Pistole.

Magazin heraus, Schlitten zurück. Nicht geladen. Gut.

»Und sag ihm, er soll sich ein anderes Aftershave suchen«, murmelte sie. »Seines riecht so süßlich.« Sie gab mir eine Plastiktüte mit Reservemagazinen und Munition.

»Danke, Bettina«, sagte ich mit letzter Kraft.

Sie ging wieder. Ich schloss die Tür und lehnte mich dagegen. Jetzt war Stressabbau gefragt.

8

Julia war nach einem schnellen Frühstück gefahren. Ich saß in Shorts und T-Shirt mit einer zweiten Tasse Kaffee am Tisch und kritzelte auf einem karierten Block herum.

Kasberger lieferte Informationen über lohnenswerte Diebstahlsobjekte und wurde dafür bezahlt. Bloderer gab die Infos weiter. Dass er selber einbrechen ging, glaubte ich nicht. Wann sollte er das machen, neben seinem Job, der Informantenbetreuung und dem Muskeltraining? Ich malte ein Schiff mit Schornstein.

Laut Poldi wurden derzeit viele Einbrüche verübt. Möglich, dass ein Teil davon auf das Konto von Bloderers Informationsempfängern ging. Die Täter waren noch nicht gefasst worden, was auf eine gute Organisation schließen ließ. Die anderen Personen auf der Liste waren wahrscheinlich auch Informanten.

Richter. Hatte ihn Bloderer ermordet? Warum? Streit ums Geld wäre der Klassiker. Ich malte Rauch über den Schornstein und dachte nach.

Zu guter Organisation gehört entsprechende Aufklärung. Nicht nur über gute Gelegenheiten, sondern auch über Fluchtrouten und Polizeiaktivitäten. Ich kritzelte noch mehr Kugelschreiberrauch dazu.

Ich könnte mir Bloderer schnappen und ihn zum Reden bringen. Aber der war gefängnisgeschult, würde verschlossen sein wie eine Auster und womöglich noch seine Komplizen warnen. Außerdem funktionierte so was nur im Fernsehen. Ich schob die Tasse mit dem erkalteten Kaffee beiseite und schaltete den Computer ein. Vielleicht sprach ja sein Notebook bereits mit mir.

Von einem Zettel aus meiner Brieftasche tippte ich die Zahlenfolge einer Internet-Adresse ein. Ich hatte keine Ahnung, wo der Server für diese Webseite stand. Konnte in Österreich sein, genauso gut aber auch in China. Mit einem ploppenden Triumphgeräusch erschien ein kleines Fenster. Enter ID and Password. Kein Willkommensgruß. Sehr barsch. Ich gab die Daten ein. Daraufhin wurde eine Liste von Ordnern angezeigt, so, als wären sie auf meiner Festplatte. Alle waren leer. Entweder hatte Bloderer seit meinem Besuch noch nichts am Computer gemacht oder der Trojaner funktionierte nicht. Konnte gut sein. Ein Kollege von der Sondereinheit Observation hatte mir den USB-Stick bei einer Kaffeepause während einer Tagung zugesteckt. Die Polizei hatte so etwas offiziell gar nicht. Das war jetzt fast zwei Jahre her. Seitdem hatte sich viel getan. Vielleicht war das Programm vom Virenscanner entdeckt worden. Aber wenn ich die Ordner sehen konnte, hieß das, dass der Server noch aktiv war. Ich würde morgen wieder nachsehen.

Ich lehnte mich zurück. Alles ging viel zu langsam voran. War ich eingerostet? Gehörte ich zum alten Eisen?

Mein Handy zirpte. *»Ihr Auto wär fertig«*, brüllte mir Krugluger ins Ohr. Ich bedankte mich und teilte ihm mit, dass ich es erst nächste Woche holen würde. Ich wollte noch ein bisschen Panzer fahren. Das erinnerte mich daran, dass bereits Donnerstag war. Eine gute Woche war vergangen, seitdem mich Almuth Amras mit den Nachforschungen beauftragt hatte. Sie verdiente ein Zwischenupdate. Noch dazu, wo sie mich so brav in Ruhe gelassen hatte und nicht jeden Tag fragte, was es Neues gäbe. Ich rief sie an und vereinbarte ein Treffen in einem Restaurant in Linz.

Bis dahin blieb noch etwas Zeit. Ich könnte noch mit einem der anderen Informanten sprechen, überlegte ich. Damit sich meine Theorie nicht nur auf Kasbergers Gerede stützte.

Eine nach der anderen wählte ich die Handynummern von Bloderers Gehaltsliste. Zweimal meldete sich sofort die Voicemailbox. Einmal ging nach längerem Läuten ebenfalls die Mailbox dran. Der Vierte legte wortlos auf, als er meine Stimme hörte.

Nur Toni war vertrauensselig.

»Ja? Was ist?« Er sprach langsam und abwartend.

»Hallo Toni. Einen schönen Gruß vom Gruber Ernst.« sagte ich. »Der Ernst hat gemeint, Sie können mir helfen. Ich suche einen VW Phaeton.«

»Warum ruft er nicht selber an? Was ist mit ihm?«,

fragte er. Sein Tonfall sagte, dass er misstrauisch und auf der Hut war.

»Der hat einen Termin nach dem anderen in der Firma. Und gestern Abend war es schon so spät, da wollte er nicht mehr anrufen.«

»Aha«, sagte er gedehnt. *»Da bin ich aber der Falsche. Hier gibt's nur einen Fiat-Händler und das Lagerhaus. Muss er sich vertan haben, der Ernst.«* Etwas tuckerte laut im Hintergrund.

Mist, offenbar ländliche Gegend. »Ich meinte, ob so ein Auto vielleicht bei jemand steht, der es nicht braucht«, pokerte ich.

Toni wurde ein wenig wärmer. *»Bei uns sicher nicht. Einen fast neuen Steyr Traktor wüsste ich. Aber seit die zwei Ivecos von der Tunnelbaustelle verschwunden sind, passt jeder auf. Nicht einmal Diesel abzapfen kann man im Moment. Eine Weile wird hier Ruhe sein müssen. Leider.«* Er machte ein paar Sekunden Pause.

Dachte er nach?

»Und Sie haben meine Nummer wirklich vom Ernst?«

»Gestern im Fitnesscenter hat er sie mir gegeben«, sagte ich. »Danke für die Auskunft.« Ich legte auf. Meine Bestätigung hatte ich. Die restlichen Kundschafter auszuforschen, war mehr was für Poldi. Ich sah auf die Uhr. Schon elf vorbei. Ich zog mich an und machte mich auf den Weg.

Während ich über die Autobahn brauste, genoss ich die angenehme Sonnenwärme. Das Radio spielte

Lounge Musik. Qualmende Dieselauspuffwolken eines vor mir fahrenden Sattelschleppers überwältigten den Innenraumfilter. Auf dem verbeulten Auflieger stand »Super Cesi Blesk«. Mühelos überholte ich, als mich plötzlich ein Gedanke durchzuckte.

Wie transportierten die die Beute eigentlich ab? Von Poldi wusste ich, dass auch Baustellen abgegrast worden waren. Maschinen und Werkzeuge, Kreissägen und dergleichen. So etwas passte nicht in einen PKW.

Im letzten Moment riss ich den Wagen auf die Abfahrt Hafenstraße. Der Lastwagen donnerte mit erbostem Nebelhorntuten an mir vorbei. Ich parkte hinter dem Lagerhaus, das mir als Beobachtungsposten gedient hatte, folgte einer hohen Mauer und gelangte zu einem verbeulten Stahltor. Graue Farbe blätterte davon ab. In der Mitte wurden die beiden Flügel von einer dicken Kette und einem gewaltigen Vorhängeschloss zusammengehalten. Breit genug für einen Sattelschlepper. Es stank nach Pisse. Ich sah durch den Spalt in der Mitte. Der blaue »Cho Ho Shipping«-Frachtcontainer stand noch da. Was würde wohl drin sein? Eine Sirene ertönte. Mittagspause in der Schiffswerft. Ich hastete zurück zum Auto, um meine Klientin nicht unnötig zu verärgern.

Almuth Amras kam mir aus der Richtung des Doms entgegen. »Ich habe eine Kerze für meinen Vater angezündet.« Sie blieb gedankenverloren stehen und musterte mich. Sie schürzte die Lippen, zog eine Augenbraue hoch und legte den Kopf schief.

Für gut befunden worden, interpretierte ich. Zum Glück hatte ich mich für den hellbraunen Anzug entschieden.

Sie trug einen nachtblauen, golddurchwirkten Tweedrock, der knapp über die Knie reichte, ein dazu passendes Tweedjackett, schwarze Nylons und blaugoldene Pumps mit halbhohen Absätzen. Ihr Goldschmuck war schlicht, aber erlesen. Kleine Ohrringe, ein Gliederarmband und ein dicker Ring.

Ohne darauf zu sehen, rückte sie eine diamantenbesetzte Uhr zurecht und sagte: »Sie sind pünktlich. Gut.«

Ich gab ihr die Hand. Ich hätte ruhig einen Rolls mieten können, statt des billigen Mercedes.

Im Restaurant roch es dezent nach Holz und Vanille. Almuths teures Parfum kam zur Geltung. Ich folgte ihr über eine schmale Treppe auf eine Galerie. Sie glitt nach oben wie ein Pantherweibchen, während ich versuchte, ihre Kehrseite nicht allzu sehr anzustarren. Wie oft sie wohl Pilates machte? Die Unterseiten ihrer Schuhe waren blütenweiß, als wäre sie nur auf Perserteppichen unterwegs.

Wir setzten uns an einen Zweiertisch neben einer gläsernen Balustrade. Das Restaurant war zu einem Drittel voll. Der Abstand zu den anderen Tischen war groß genug für eine intime Unterhaltung. Wir konnten auf die Gäste im Erdgeschoss hinuntersehen. Leises Besteckklappern und Gläserklirren mischte sich in das Gemurmel.

Ein weiß livrierter Ober eilte herbei. Wir bestellten. Almuth öffnete die großen, edelsteinbesetzten Verschlüsse ihres Jacketts. Darunter war eine seidig schillernde Bluse. Ein seufzendes Rascheln ertönte, als sie sich auf dem lederbezogenen Sessel zurechtsetzte und ihren Rock glatt strich.

Ich überlegte, dass ich keinerlei Hinweis auf einen Partner entdeckt hatte und sah durch die großen Glasfronten auf den Vorplatz. Wuchtig und übermächtig drohte der nahe Dom mit holiness attack. Kant, bleibe keusch, drei Frauen sind genug.

»Haben Sie etwas herausgefunden?«, fragte sie.

»Ja. Einige interessante Dinge, aber noch nichts Endgültiges. Ich möchte Ihnen einen Zwischenbericht geben.«

Sie machte ein saures Gesicht, als wolle sie lieber doch keine interessanten Dinge über ihren Vater erfahren und breitete die dicke Stoffserviette über ihre Knie. »Dann schlage ich vor, wir essen erst und Sie setzen mich danach ins Bild«, sagte sie.

Ich nickte. Wir aßen. Almuth Amras' Fisch duftete. Mein kleines Steak war zart und exzellent. Ich nahm mir vor, hier einmal mit Bettina essen zu gehen. »Tolles Restaurant«, sagte ich anerkennend.

Sie tupfte ihre Lippen ab, machte eine abwesende Handbewegung und nippte am Weißwein. Mindeststandard. Dann lehnte sie sich erwartungsvoll zurück.

Ich gab ihr eine Zusammenfassung meiner Erkenntnisse. Beginnend mit dem Anruf in meiner Wohnung, über Richters Wettcafébesuche, dem Zusammenhang zwischen Mihaela und Bloderer und schließlich den Informanten Kasberger und Toni. Die Namen nannte ich ihr nicht, um die Ermittlungen nicht unnötig zu kontaminieren.

»Meinem Bekannten zufolge sind gerade in letzter Zeit viele Einbrüche verübt worden«, sagte ich. »Ich vermute, dass ein Zusammenhang besteht.«

»Und mein Vater hat auch Informationen geliefert. Wurde er deshalb umgebracht?«

»Das weiß ich nicht«, sagte ich. »Aber er dürfte so wie die anderen über sein Umfeld berichtet haben.« Dass Bloderer Richter in der Liste durchgestrichen hatte, verschwieg ich. Ich wollte nicht, dass sie schreiend zur Polizei lief, bevor ich nicht weitere Details in Erfahrung gebracht hatte.

Sie rollte die Serviette langsam wie einen Teppich zusammen. Mein Bericht schien ihr im Magen zu liegen. »Wissen Sie, ich habe nicht damit gerechnet, dass Sie wirklich etwas herausfinden. Ich meine, dass es überhaupt etwas herauszufinden gibt.« Sie sah mich an. Hinter ihren Augen schien es zu arbeiten. Nach einer Weile fragte sie: »Was werden Sie als Nächstes tun?«

Ich dachte kurz nach. Smirnik verprügeln. Weil mir gerade nichts anderes einfiel. »Nochmal mit meinem Bekannten bei der Polizei reden. Ich halte Sie auf dem Laufenden«, sagte ich.

»Ja bitte. Gut.« Sie winkte zerstreut den Ober herbei, verweigerte das Dessert und bezahlte.

Ich kam mir vor wie ein Gigolo.

Als wir uns vor dem Restaurant verabschiedeten, waren ihre Augen feucht. Während sie meine Hand schüttelte, zuckte ihr Kinn und Tränen perlten über die Wangen. Sie sank an meine Brust. Ich legte meine Arme um sie. Über ihrem duftenden Haar sah ich Autos zu, die hupend Fußgängern auswichen. Vor den Barmherzigen Brüdern standen Baucontainer und blockierten den Gehsteig.

Mein Telefon vibrierte. Vielleicht Bettina. Ich zog es behutsam aus der Tasche.

»Ich habe heute Nachmittag frei«, hörte ich Elisabeth sagen.

»Mein Vater hat vielleicht unrechte Dinge getan …«, klagte Almuth Amras. Sie bemerkte gar nicht, dass ich telefonierte.

»Das war kriminell guter Sex am Samstag«, sagte Elisabeth.

»… aber ich hätte mich um ihn kümmern sollen.«

»Treffen wir uns im Café oder kommst du gleich zu mir?«

»Heute geht's leider nicht mehr«, sagte ich.

»Sie haben recht, jetzt ist es zu spät«, sagte Almuth Amras. Sie hielt ihre Hand ans Gesicht, zog sie aber schnell wieder zurück, um ihr Make-up nicht völlig zu zerstören. »Ich habe mir immer vorgestellt, dass wir sanft entschlafen, wenn es soweit ist.«

»Natürlich will ich mit dir schlafen«, sagte ich. Direktverbindung. Ohne Umweg übers Gehirn. Ich spürte einen kleinen Ruck. Almuth Amras' Griff wurde fester.

»Das hoffe ich doch.«

Ich musste Elisabeth abwürgen, bevor ich mir einen Strick drehte.

»Das war eine wunderschöne Nacht. Ich dachte, sie würde niemals enden. Hast du das auch so empfunden?«

»Glauben Sie, dass er einen schnellen Tod hatte?«, sagte Almuth Amras.

»Extrafein«, sagte ich. »Ein Quickie war's nicht gerade.«

Ihr Geheule wurde wieder lauter.

»Du lässt mich einfach so allein? Ohne ein Wort des Trostes? Gefalle ich dir nicht mehr?«

»Du bist eine begehrenswerte, erotische Frau«, sagte ich.

Almuth Amras verkrallte sich in meinem Jackett. Wahrscheinlich lösten sich gerade die Nähte. Mein Hemd war nass von ihren Tränen. Eine gebeugte Dame mit grünem Federhut und riesiger Einkaufstasche schlurfte auf ihren Stock gestützt vorbei und lächelte uns versonnen zu.

»Ich würde dich gerne trösten …«

»Sie sind sehr verständnisvoll«, sagte Almuth Amras.

»… aber nicht heute Abend«, sagte ich und steckte das Telefon wieder ein.

Sie sah zu mir hoch. In ihren schwarz verschmierten Augen war ein Glitzern, das nicht von Tränen herrührte. »Ich verstehe. Das wäre unprofessionell, nicht wahr?«

Schminkeflecken im Stoff. Auch das noch. Das Jackett konnte ich abschreiben.

*

Sechzehn Uhr. Ich saß im Auto und beobachtete den sonnenbeschienenen Eingang von SauberKraft. Nach dem Treffen mit Almuth war ich heimgefahren und ein paar Kilometer gelaufen. Ich streckte meine Beine, spürte die Muskeln und fühlte mich gut. Smirniks Autowrack war nirgends zu sehen. Ob er gegen Vandalismus versichert war?

Gegen halb fünf fuhr der weiße Kleinbus heran. Nachdem die Putzfrauen ausgestiegen waren, parkte Smirnik den Wagen und verschwand im Firmengebäude. Gleich darauf tauchte er wieder auf und wartete an der Bushaltestelle. Er trug enge Jeans mit blauem Hemd und staubige braune Stiefeletten. Die Frauen kamen heraus und versammelten sich einige Meter von Smirnik entfernt. Ab und zu sah eine zu ihm hinüber, wie der Aufpasser eines Vogelschwarms.

Er sah auf seine Uhr und kickte ruckartig eine leere Bierdose auf die Straße. Niemand kaufte einen Fahrschein. Die Damen hatten wahrscheinlich Monatskarten. Ein Erdgasbus kam und alle stiegen ein.

Ich folgte dem Bus in einem Abstand von fünf Autos. Die Routen der öffentlichen Verkehrsmittel kannte ich ungefähr. Seine Wohnung war am Stadtrand, in Zöhrdorf. Wenn er nach Hause wollte, würde er an der übernächsten Haltestelle umsteigen müssen. Ich quetschte mich an den Straßenrand und wartete. Nicht gerade unauffällig. Das Risiko einer Alleinobservation.

Smirnik stieg aus, überquerte die Straße und wartete auf seinen Anschlussbus. Geschäftige Menschen in dünnen Kleidern und kurzen Hosen gingen vorbei.

Wenn er hier in den Einundvierziger stieg, würde er um diese Zeit mindestens zwanzig bis dreißig Minuten brauchen. Ich reihte mich wieder in den Verkehr ein und fuhr nach Süden. Auf dem Sitz neben mir rollte eine Flasche Spitz Inländer Rum in ihrem Plastiksackerl herum. Im Supermarkt hatte ich sie nur am Hals angefasst, mit einem alten Kassenzettel zwischen Glas und Fingern. Ich parkte ein paar Straßen entfernt von Smirniks Adresse und ging an ordentlichen kleinen Häuschen mit Gartenzwergen vorbei. Ich hatte bereits meine raschelfreie Hooligan-Einheitskleidung an: Laufschuhe, Jeans, T-Shirt, Wollhaube, Sonnenbrille. Meine behandschuhten Hände steckten in den weiten Taschen des Kapuzensweaters. Das Sackerl mit der Rumflasche hatte ich unter den Arm geklemmt.

Als die ersten graffitiverzierten Wohnblöcke in Sicht kamen, sah ich durch die Heckscheibe eines Kombis ein Navigationsgerät leuchten. Opel Astra blau, zwei Insassen. Die lange Dachantenne erinnerte mich an meine CB-Funk-Abenteuer als Jugendlicher. So dicht geparkt, dass das hintere Kennzeichen verdeckt war. Ich verlangsamte meine Schritte und fühlte, wie sich meine Bauchmuskeln anspannten. Zivilstreife konnte ich jetzt keine brauchen. Als ich auf gleicher Höhe mit den Seitenfenstern war, schoss plötzlich ein Streifenwagen mit Blaulicht und Folgetonhorn aus der Graffitigegend und raste an uns vorbei. Der Beifahrer des Astra sprach in ein Mikrofon an einem Spiralkabel. Nach einem Blick auf das Navi kritzelte er etwas auf einen Block auf seinem Schoß. Multitalent. Die Sirene verstummte in der Ferne. Ich ging vorbei und sah erleichtert, dass der Astra Passauer Kennzeichen hatte. Doch keine Exkollegen.

Eine unförmige kleine Frau in einem langen Mantel schleppte wackelnd zwei prallgefüllte Plastiksackerl in einen Hauseingang. Während sich die zerkratzte Tür langsam wieder schloss, konnte ich Briefkästen mit aufgebogenen Fächern sehen. Drei Kids auf Mopeds mit abmontierten Verkleidungen rasten knatternd vorbei und hinterließen Gestank nach verbranntem Öl. Eine Amsel stürzte laut zwitschernd im Tiefflug auf einen der wenigen Büsche. Aus offenen Fenstern drangen Rufe, Sprachfetzen und schmachtende Musik. Ein Pärchen stritt lauthals. Ich verstand kein Wort. Durch eine warme Küchendunstschwade schritt ich der Bushaltestelle entgegen. Dunkle Wolken zogen auf.

Die Kids lungerten neben einer Müllcontainerinsel um ihre abgestellten Mopeds herum. Ein paar ältere Männer standen daneben. Jeder hatte eine Bierdose in der Hand. Leichter Regen vertrieb die Gesellschaft.

Die Oberleitungen sangen und kündigten den Bus an. Smirnik stieg aus. Ich folgte ihm in eine Seitenstraße. Eine einstöckige, lang gestreckte Häuserzeile in fahlem Gelb. Neben den Türen einbetonierte verbogene Fahrradständer. Dreiräder und große Kinderwagen mit Brandlöchern im braunsamtenen Stoffverdeck. Niedrige grüne Drahtzäunchen waren unter den Fenstern in den schmalen Rasen gesteckt und beschützten mikroskopische Blumenbeete. Unsere Seite der Straße war mit Autos vollgeparkt. Stille.

Mein Telefon vibrierte. Bettina. Ich nahm an. »Ich rufe dich später …«

»Wer ist die Schlampe?«

»Was?«

»Ich habe dich heute gesehen, wie du mit einem Weibsstück herumgeschmust hast.«

»Ach.« Ich dachte nach und lachte kurz. »Du, das war meine Klientin. Die hat sich nur …«

»Lachst du mich jetzt auch noch aus? Du hast gesagt, die wäre alt und hässlich.«

»Bettina, ich kann jetzt echt nicht. Ich erklär dir das, wenn wir uns …«

»Ich kann mir auch jemand anderen zum Tanzen suchen«, schrie sie. Anruf beendet.

Das wäre wahrscheinlich am entspannendsten für

alle Beteiligten, dachte ich, steckte das Telefon wieder ein und stellte den Rum ins Gras.

»He, Schorschi!«, rief ich. »Die Polizei hat deine Anzeige nicht recht ernst genommen, was? Dein blödes Pubertätsauto hat niemand interessiert.«

Keine Dienstvorschriften.

Smirnik drehte sich um und starrte mich angriffslustig an. »Wer bist denn du, du Arsch? Hast du mein Auto …«

Ich war überaus businesslike. Aber es half sehr, wenn ich an meinen ehemaligen Widersacher in der Kriminaldirektion dachte.

»Ja, habe ich. Und jetzt bist du dran«, sagte ich. Nimm das, Schnellwuchs. Ich boxte ihn ins Gesicht. Es knirschte und Blut tropfte auf sein Hemd.

Er hielt sich nicht an mein Drehbuch, sondern wich aus. Dabei stieg er mit einem Fuß auf die Straße und klemmte ihn zwischen Randstein und dem Vorderrad eines alten BMWs ein. Die dämlichen Stiefeletten sollten ihn vermutlich ein bisschen größer machen. Jetzt hielten sie ihn fest wie ein Schraubstock.

Als er sich zum Davonlaufen umdrehte, rutschte sein zweites Bein nach hinten und er schlug der Länge nach auf den Asphalt. Es knackte trocken, als würde man im Wald auf dürre Zweige treten. Sein Fuß war immer noch in derselben Lage eingeklemmt. Smirnik lag da und schrie.

Das mit dem Winseln stimmte offensichtlich. So

weit hatte ich gar nicht gehen wollen. Zurechtklopfen und meine Forderungen unterbreiten, das war der Plan gewesen. Dennoch eine gute Gelegenheit, die mich als erbarmungslosen Killer profilierte. Nebenprodukt.

Ich bückte mich und durchsuchte seine Taschen, bis ich ein Handy fand. Dann packte ich ihn bei den Haaren und drehte sein Gesicht zu mir. Ich spürte seine Nackenwirbel aneinander scheuern. Kants Chiropraxis. Ich nahm meine Sonnenbrille ab und sagte: »Wir sehen uns noch, Schorschi. Denk schön an mich.« Dann übergoss ich ihn mit Rum. Hose, Oberkörper und eine großzügige Dosis für den Kopf. Damit konnte er gleich seinen Schmerz betäuben.

Poldis Schilderung fiel mir ein. Scheißvergewaltiger. Ich ließ die Flasche auf ihn fallen und trat ihm beherzt zwischen die Beine. Er wurde noch schriller. Bald würden Fensterscheiben bersten.

Keine internen Untersuchungen wegen angeblicher Übergriffe.

Mit seinem Handy wählte ich 144. Ich wölbte meine Hand über das Mikrofon und sprach stockend: »Hilfe. Ausgerutscht. Auf Straße. Was gebrochen.« Nach einem Blick auf eine Hausnummer sagte ich die Adresse durch. Ich warf das Handy auf Smirnik, verfehlte ihn aber.

Phase zwei erledigt. Besonders siegreich fühlte ich mich nicht. Ein schales Gefühl breitete sich aus. Nicht wegen Smirnik. Dem könnte ich gern noch einiges antun. Wegen mir. Weil mir das so leicht fiel.

Der Regen wurde stärker. Ich ging davon.

*

Mit einem satten Geräusch fiel die Tür zu und hüllte mich in wohltuende Stille. Auf der Windschutzscheibe hockten hübsche runde Tropfen wie vom Himmel gefallene Diamanten. Von fern kündigte sich Entspannung an. Jetzt nach Hause, duschen und etwas essen. Als ich meine Handschuhe ausziehen wollte, zirpte das Telefon.

»Elisabeth?«, sagte ich und lauschte angestrengt. Ich konnte sie kaum verstehen.

»Jemand ist im Haus«, flüsterte sie. *»Ich habe mich im Wintergarten versteckt. Hilf mir.«*

»Hast du die Polizei …«, fragte ich. Anruf beendet.

Zurückrufen war No-Go. Geklingel gab ihre Position preis. Also einsatzmäßig zu Elisabeth. Bis zu ihr waren es gute dreißig Kilometer, das meiste davon Autobahn.

Starten, Vollgas. Die 180 Grad Wende drückte mich in den Sitz. Zentrifugentraining. Ein Hundegassigeher im Jogginganzug riss erschrocken sein winziges Vieh zurück auf den Gehsteig. An einer roten Ampel machte ich einen weiten Bogen um die brav Schlangestehenden. Gehupe, Fernlicht. Fast sieben. Der Verkehr hatte Gott sei Dank schon nachgelassen. Noch eine rote Ampel und ich war auf der Autobahn.

Ich wählte den Notruf. Die Exkollegen waren besser ausgerüstet und zahlenmäßig im Vorteil. Die Funkleitstelle würde mindestens zwei Sektorstreifen schicken.

Ein Überkopfleuchtschild sagte »Behinderung im Tunnel«. Ich brauste an verdutzten Arbeitern in Warnwesten vorbei. Ein blauer Fiat scherte plötzlich aus und setzte viel zu langsam zum Überholen an.

»Polizeinotruf.«

Ich verriss nach rechts. Das Telefon fiel zu Boden. Ich quetschte mich durch den Spalt zwischen Fiat und Vordermann. Noch mehr Hupen, noch mehr Licht. Ich riskierte einen Blick auf die Fußmatte. Weg. Wahrscheinlich unter dem Sitz, wie immer.

Telefon suchen, wählen, erklären, Funkverkehr, Anfahrt der Streifen … Zu lange. Ich ließ es sein. Ich raste im Slalom dahin und musste immer wieder stark abbremsen und blitzartig beschleunigen. Wenn ich so weiterfuhr, hatte ich ohnehin bald ein paar Blaulichter im Schlepptau.

Ich malte mir die Lage aus. Ein ertapptes Nervenbündel mit Schraubenzieher war unberechenbar. Erst der Plasmafernseher, dann Elisabeth.

Bis ich das Stadtgebiet hinter mir ließ, hatte es viermal geblitzt. Hundertsechzig statt achtzig, give or take. Die würden die Korken knallen lassen im Strafamt.

Jetzt konnte ich endlich aufdrehen. Ich scheuchte

ein paar Hindernisse von der Überholspur und drückte drauf.

Noch dazu wohnte sie allein.

Hinter Treffling scharte sich ein zaghaftes Kleinwagengrüppchen um die Regenschleier eines Lastwagens. Ich wich auf den Pannenstreifen aus und überholte mit zweihundert.

Ich schoss Elisabeths Straße entlang und bremste scharf. Splitt spritzte, das ABS ratterte.

Eingetroffen.

Auf geräuschloses Anrücken verzichtete ich. Elisabeth zu beschützen hatte erste Priorität. Täter schnappen kam später.

Kein Auto, nichts Verdächtiges. Ich rannte zum Eingang.

Die Tür ging auf. Elisabeth stand in Seidenrobe und High Heels da. Frisch versprühtes Parfum drang heraus. Auf dem Boden zwei Papiertragetaschen von Feinkost Fink.

»Du warst aber schnell«, sagte sie erfreut. »Und was du anhast. Mein schwarzer Ritter.« Sie musterte meine Hände. »Sind das Latexhandschuhe?«

Fehlalarm.

In mir schwappte Adrenalin wie Öl in einem Supertanker bei schwerer See. Das Ticken des heißen Motors lärmte. Die Laute einer einzelnen Grille drangen überdeutlich an mein Ohr. Ich folgte der Aufwärtsbewegung ihrer Wimpern in Zeitlupe und beruhigte meinen Atem.

»Ich habe mir Sorgen gemacht«, sagte ich schließlich.

»Ooh. Das ist so süß. Und so aphrodisierend.« Sie zog am Gürtel. Zwischen Corsage, Höschen und Strapsen blitzte weiße Haut hervor. »Rette mich«, hauchte sie.

Ich gab der Tür einen Tritt und trug Elisabeth ins Schlafzimmer.

9

»Hier, mein Schatz!«, sagte Elisabeth und reichte mir eine Tasse Kaffee. Ehepaarqualität. Beunruhigend. Sie war schon geschminkt und ausgehfertig in einem eleganten Wollrock mit Blazer.

Wir hatten verschlafen. Elisabeth musste um neun im Gericht sein. Ich würde heimfahren und mich umziehen. Eine Verschnaufpause kam mir ganz gelegen. Ich trank aus und ließ die Tasse auf einer Vorzimmerkommode zurück.

»Dein Riesensarg blockiert die ganze Straße«, sagte sie mit einem Blick über die Schulter und sperrte die Haustür zu. »Mir wäre gar nicht aufgefallen, dass du etwas zu kompensieren hättest.« Sie lachte mich aus.

»Leihauto«, sagte ich. »Weil meins kaputt ist.«

»Vorsicht mit dem Lippenstift.« Wir küssten uns. »Gut, dass ich ganz am Ende wohne«, sagte sie und ging zu ihrem Cabrio.

Ich drehte den Zündschlüssel. Der Wagen gab keinen Mucks von sich. Vertrug er etwa das schnelle Fahren nicht? Nach zwei weiteren Versuchen stieg ich aus und winkte Elisabeth um das Hindernis herum. Sie grinste breit und fuhr davon. Ich öffnete die Motorhaube. Aussichtslos. Nicht einmal die Batterie konnte ich finden.

Ich holte das Plastikmäppchen aus dem Handschuhfach und legte es aufs Dach. Dann robbte ich unter den Fahrersitz und holte mein Telefon hervor. Ein Anruf in Abwesenheit, unterdrückte Nummer. Polizei wahrscheinlich. Die waren auf Notrufscherze nicht gut zu sprechen.

Sogar in der Sonne war die Mietwagen-Hotline schlecht zu entziffern, so winzig klein war sie gedruckt. Sollten die zusehen, dass sie den Kahn wieder flottbekamen. Ich würde mir ein Taxi rufen.

Zwei ältere Damen in grellen Sportanzügen und aufwendigen Frisuren hielten auf mich zu. Eine grün, die andere gelb. Sie verlangsamten ihre Schritte und guckten neugierig auf das Auto, auf mich und die Zettel am Dach.

»Guten Morgen«, grüßten sie unisono und freundlich. Weichspülergeruch mischte sich in die kühle Morgenluft.

»Guten Morgen, meine Damen«, sagte ich. »Gute Neuigkeiten. Das Projekt ist genehmigt.«

Sie blieben stehen.

»Was denn für ein Projekt?«, fragte die Grüne.

»Wer sind Sie denn?«, fragte die Gelbe.

»Ich komme von der EU«, sagte ich und zeigte auf die Mietwagenzettel. »Abteilung Regionalstromförderung.« Das Mafiamobil mitten auf der Straße verlieh mir Glaubwürdigkeit. »Frau Doktor Mohntaler ist für alle juristischen Aspekte zuständig«, sagte ich.

»Aha?«, sagte die Gelbe.

»Aber was denn …«, sagte die Grüne.

»Das Laufkraftwerk am Rauschelbach«, sagte ich. »Sieben Staustufen. Wird sich hinunterziehen bis zur Donau. Kennen Sie den Assuan Staudamm?«

»Nein.« Beide sahen mich an.

»So ungefähr wird's aussehen.«

Damit würde meine gestrige Amokfahrt wenigstens nicht ganz ohne Folgen für Elisabeth bleiben. Den Rest würde mir Poldi richten müssen.

»Spatenstich ist diesen Sommer«, sagte ich und zog den Kapuzensweater glatt. Meine Sachen von gestern waren schon etwas verdrückt. »Schöne Gegend hier.«

»Hast du gehört?«, sagte Grün zu Gelb. »Die Lisi betoniert den Rauschelbach zu.«

»Sie entschuldigen, ich muss mich bei meinem Chef in Brüssel melden.« Ich stieg ins Auto und wählte die Hotline. Die Damen blieben eine Weile stehen und verschwanden dann gestikulierend auf einem Feldweg.

»Kundenservice guten Tag. Mein Name ist …«

»Ihre Prestigeklasse rührt sich nicht mehr«, sagte ich. Nachdem ich meine Daten diktiert hatte, wurde ich weiterverbunden. Wartemusik dudelte.

»Schau, schau. Der Herr Kant bequemt sich anzurufen«, sagte eine vertraute Stimme.

Julia? An der Hotline? Hatte ich ihr einen Anruf versprochen? Oder sonst etwas? Ich konnte mich nicht erinnern. »Julia, das Auto ist liegen geblieben.«

Es hupte. Im Rückspiegel sah ich einen VW-Bus heranfahren.

»Weiß ich. Wiederanlasssperre.« Sie kicherte hämisch. *»Streng verboten. Ein Kollege hat mir gezeigt, wie das geht. Haben alle Prestigeklassemodelle.«*

Ich konnte das Wort nicht mehr hören.

»Und GPS sowieso. Was machst du eigentlich im Lavendelweg?«, fragte sie. *»Warum warst du nicht daheim?«* Ich hörte Tastaturgeklapper. *»Lavendelweg 8. Eine Doktor Elisabeth Mohntaler wohnt dort.«*

Das Hupen hatte nicht mir gegolten. Aus den Häusern kamen Leute und kauften Gebäck an der offenen Heckklappe. Ein paar schauten neugierig in meine Richtung.

»Bist du bei der gewesen? Stehst du auf Ärztinnen? Hast du mich deshalb nicht angerufen?«

Ein Postauto blieb vor dem VW-Bus stehen.

»Wo wir's doch so schön hatten. Besonders die zweite Runde war fantastisch.«

Der Postler stieg aus und stellte sich auch an der Heckklappe an.

»Also, mein Freund, wann sehen wir uns wieder?«

Ich wollte heimfahren. Mir war alles recht. »Morgen?«, sagte ich.

»Nein, am Wochenende geht's nicht, da habe ich das Servicekulturseminar.« Sie seufzte. *»Mich interessiert es eh nicht. Aber Montagabend ist gut. Du holst mich um acht ab?«*

Ich stimmte zu. Sie wünschte mir einen schönen Tag. Der Motor startete willig.

*

Ich biss von meiner süß duftenden Semmelhälfte ab und sah Bettina vor mir, wie sie sich im letzten August über üppige Himbeerstauden gebeugt hatte. Das Marmeladenglas schimmerte blutrot. Plötzlich musste ich an Smirnik denken, wie er auf dem Gehsteig lag und schrie. Die Nacht müsste er bereits in einem Krankenhausbett verbracht haben. Das hieß, er war bereit für Phase drei.

Durch das gekippte Küchenfenster drangen Wäscheklammernwühlgeräusche. Die Nachbarsfrau verteilte Socken und Hemden auf den Leinen. Sie bemühte sich, mit ihren Blicken meine Vorhänge zu durchdringen.

Ich schenkte mir Kaffee nach und schaltete mein Notebook ein. Freitag der Dreizehnte. Laut orf.at sollte es heute Regenschauer und Gewitter geben. Arme Nachbarin.

Mal sehen, ob Bloderer seinen Computer schon benutzt hatte. Ich stellte Teller und Kaffeetasse neben die Spüle. Dazu musste ich nicht einmal aufstehen. Ich meldete mich beim Trojanerserver an und fand hundertachtundsiebzig Bilddateien vor. Das hieß, er hatte ungefähr eineinhalb Stunden lang damit gearbeitet. Mein Programm hatte Bloderers

Bildschirm jede Minute zweimal fotografiert und die Screenshots übers Internet geschickt. Ich konnte alles so sehen, als hätte ich im jeweiligen Moment hinter ihm gestanden.

Ich speicherte die Dateien auf meiner Festplatte und meldete mich ab. Dann blätterte ich durch die Bilder. Desktop. Excel mit leerer Mappe1. Dann die Gehaltsdatei der Informanten. Ich vergrößerte ein wenig. In der Zeile »Ewald« hatte er 300 Euro eingetragen. Das Feld »Info« war markiert.

Gratuliere, Ewald.

Ein Fenster mit dem Internet Explorer. Statt einer WWW-Adresse stand eine Zahlenkombination im Adressfeld. In der Mitte ein Kästchen in dem »Buna ziua« stand und darunter »ID« und »Password«. So ähnlich wie mein Anmeldedialog. Vielleicht teilten wir uns den gleichen Server? Das wäre ja lustig.

Ein Schlosssymbol in der Fußzeile zeigte an, dass der Datenaustausch verschlüsselt wurde. Aber wenn der ganze Bildschirminhalt abfotografiert wurde, nützte das Bloderer überhaupt nichts.

Die Nachbarin war verschwunden. Die Wäsche wiegte sich im Wind. Ich klickte weiter.

Ein schlichtes Hauptmenü mit schnörkellosen Buttons:

New data
Change data
Requirements
Log out

Ganz oben stand *Austria 3*.

Ich griff ins Leere nach meiner Semmel. Ich musste sie unbemerkt aufgegessen haben.

Im nächsten Bild waren eine Reihe von Eingabefeldern.

276 / VW-Audi / Plötzenederstraße 12 4111 Walding / Rückseite Tür links vom Reifenstapel. leer ab 18:15 / 2 neue Tester VAS5053, RadioNav

Die restlichen Felder waren noch leer. RadioNav sollte vermutlich Navi heißen. Dem Trojaner war egal, ob Bloderer fertig getippt hatte oder nicht. Der knipste, wann er knipsen musste. Das war wohl die 300-Euro-Info von Ewald.

Und dann ein Volltreffer. Drei Bilder aus dem Menü »Change data«. Vielleicht hatte Bloderer nicht gleich gefunden, was er suchte und musste blättern. Im dritten Bild hatte er in Zeile 271 »Italienurlaub von 9. 7. –23. 7.« eingetippt.

Ich salutierte in Gedanken vor den Hintermännern dieses Unternehmens. Die gingen mit der Zeit. Hut ab. Leider hatten die Herren Verbrecher nicht vermerkt, wann sie welche Gelegenheiten abarbeiten wollten.

Die letzten Screenshots überflog ich nur. Fat burner und Proteinkonzentrate. Nackte Frauen in offenherzigen Stellungen. Bloderer stand auf großbusige Blondinen. So eine Überraschung. Vorbildlich. Erst die Arbeit, dann das Vergnügen. Ich speicherte die Bilder auf einem USB-Stick.

Ich wusste zwar immer noch nicht, ob Richter umgebracht worden war oder nicht, aber mit einem Mal war diese Möglichkeit überdeutlich präsent. Hunderte Zeilen mit detaillierten Informationen. Dieser Umfang ging wesentlich über Kleinkriminalität hinaus. Das roch nach Mafia. Ein siebzigjähriger Pensionist stand denen nicht lange im Weg.

War Richter lästig geworden? Hatte er damit gedroht, alles auffliegen zu lassen? War er zu gierig geworden und wollte mehr Lohn? Sollte ihn jemand zur Räson bringen? Höchste Zeit, mit Bloderer zu reden.

Die Organisatoren dieses Internetauftritts waren ziemlich sicher nicht von hier. Ich überlegte, wie Ortsunkundige zu den angegebenen Adressen finden würden. Buna ziua, Österreich! Mit dem Navi natürlich, Dummkopf, schalt ich mich. So wie die zwei Leberkäsesüchtigen vor dem Unimarkt mit den Antennen an ihrem vergammelten Auto. Ich rief mir das Bild der beiden ins Gedächtnis. Was hatten die überhaupt hier gemacht? Waren das Baustellenarbeiter? Saisonkräfte? Nach Altenpflegern oder Touristen hatten sie nicht ausgesehen. Der Astra in Smirniks Wohngegend fiel mir ein. Und die Reaktion des Beifahrers, als der Streifenwagen vorbeifuhr. Das Gekritzel auf dem Block. Als hätten sie genau darauf gewartet. Zu zweit im Auto. Beobachter. Ein Fahrer, ein Navigator. Aufklärer. Immer nah am Feind.

Ich musste Poldi informieren. Ich stand auf und

kramte in einer Lade nach etwas Süßem. Während ich einen Knuspertraum verputzte, wählte ich seine Nummer. Es meldete sich nur die Voicemailbox. Mit der mochte ich nicht sprechen. Ich legte das Handy wieder weg.

Fast 300 gute Gelegenheiten. Wohin mit all dem Diebesgut? Der Container fiel mir ein. Plötzlich interessierte mich der Inhalt brennend. Bloderer konnte warten.

*

Ich stieg auf die untere Torangel, hielt mich an der Mauerkante fest und zog mich hoch. Dann schwang ich meine Beine hinüber und sprang. Ich blieb in der Hocke und lauschte. Kein Geräusch, kein Hundegebell. Leichte Malzgerüche der Kaffeerösterei lagen in der kühlen Luft. Ich stand auf.

Das Gelände war so groß wie ein Supermarktparkplatz und wirkte verlassen. Aus Spalten im Asphalt wuchsen Büsche und langes Gras. An ein paar Stellen fanden einzelne dürre Bäume Halt. Gegenüber vom Tor war ein niedriges rußgeschwärztes Gebäude mit eingeschlagenen Scheiben. Auf und unter einer Laderampe lagen zerbrochene Sessel, Eisenrohre, Kartons und Holzreste in einem wilden Durcheinander.

Der Container war eine blaue Schachtel aus geripptem Stahl, gut zehn Meter lang und zweieinhalb breit. Hinter der Mauer zum Hafenbecken ragte ein Kran auf. Damit wäre es ein Leichtes, das Ding herauszuheben und vielleicht auf ein containergeeignetes Schiff zu verladen. Je zwei Verriegelungsstangen sicherten die beiden Türflügel auf der Stirnseite. Vorhängeschlösser mit dicken Bolzen waren eingehängt. Zerquetschte Grasbüschel bildeten verschiedene Muster auf dem Boden, als hätte eine unentschlossene Hausfrau die Möbelpacker angewiesen, die Möbel mal hierhin, mal dorthin zu stellen.

Als ich mein Sperrwerkzeug aus der Jackentasche nahm, hörte ich Motorgeräusche. Über der Mauer sah ich das Dach eines Transporters näherkommen. Dann rasselte die Kette, mit der das Tor verschlossen war. Ich rannte gebückt zur Laderampe und kroch hinter halb verrottete Holzpaletten und Kartonstücke. Spinnen seilten sich blitzartig ab und schaukelten auf langen Beinen erbost davon. Raschelnd entfernte sich ein größeres Tier. Im Moment war ich sehr dankbar über all den Müll. Ich lag auf dem Bauch und spähte an zerbrochenen Flaschen und Lehmklumpen vorbei.

Ein schmutzig weißer Fiat Ducato mit Dellen und Kratzern bog in den Hof ein, beschrieb einen Kreis und fuhr rückwärts an den Container. Ein Mann stieg aus und öffnete die Hecktüren. Kurze schwarze Haare, asketisches Gesicht, unrasiert. Mitte Zwanzig. Violettes Hemd mit schwungvollem weißem Muster und hochgekrempelten Ärmeln. Schwarze Jeans mit abgewetzten Ledereinsätzen an den Taschen und einigen Löchern, die so aussahen, als wären sie Einschüsse.

Spitze, abgestoßene Stiefeletten mit Messingschnallen. Er betrachtete das Areal, das verlassene Gebäude, die Büsche und die umliegenden Dächer. Dann schien er den Boden vor dem Container abzusuchen.

Sah er etwa meine Fußabdrücke?

Ein zweiter schloss das Tor und ging schnell zum Transporter. Er war jungenhaft, mit teigigem Gesicht und üppigen schwarzen Haaren. Siebzehn vielleicht. Man konnte ihn für einen HTL-Schüler oder Lehrling halten. Er hatte einen offenen Ausdruck und so etwas wie Gottvertrauen in seinem Blick. Welpenhaft. Zu strahlend sauberen Nikes trug er verwaschene, fast weiße Jeans mit Nietengürtel und ein buntes T-Shirt.

Beide waren schlank und bewegten sich, als wären sie topfit. Mir wurde bewusst, dass meine Pistole trocken und sauber im Vorzimmerschrank lag.

Der Junge entriegelte die Vorhängeschlösser und öffnete die Türen. Eine leere Red-Bull-Dose fiel scheppernd auf den Asphalt. Der Ältere nickte, als habe er damit eine Bestätigung erhalten und erteilte Anweisungen in einer Sprache, die ich nicht verstand. Manches klang wie Italienisch.

Ich war zehn Meter von ihnen entfernt. Logenplatz. Ich staunte. Der Container war halb voll. Auf Regalbrettern, die quer über die Breite reichten, standen säuberlich geschlichtet Kartons in allen Größen. Manche trugen Schriftzüge und Logos wie VAG, Toshiba oder Sony. Viele waren ohne Aufschrift. An den Wänden waren nachträglich angeschweißte Ösen und Halterungen, um Gurte zu befestigen und weitere Regalbretter einzulegen. Vorn lagen gefaltete Kartons, eine Rolle Plastikfolie und Decken bereit. An einem Haken baumelte ein großer transparenter Sack mit Styroporflocken.

Die beiden begannen, schwarz glänzende, breite Autoreifen aus dem Transporter hineinzutragen. Auf den Laufflächen klebten noch die Etiketten des Herstellers. Gummigeruch wehte zu mir. Sie errichteten bis zur Decke reichende Stapel auf dem zerschrammten Holzboden. Dann spannten sie Gurte und verzurrten sie säuberlich.

Richtige Facharbeiter.

Kurzhaar holte ein Mobiltelefon aus seiner Hosentasche und setzte Sim-Karte und Akku ein. Er wählte eine Nummer und redete nonstop. Mit dem freien Arm fuchtelte er und zeigte in den Container.

Ich schnappte Wortfetzen auf. *Ste. Luni. Da.*

Dann legte er auf, trat gegen die Containerwand, dass es dröhnte und schrie: »Rahat!« Er wählte noch einmal.

Der Junge sah gespannt und unsicher zu. Er schien beflissen, alles richtig zu machen. Ein Verbrecherlehrling? Hätte ich einen Sohn, wäre der um diese Zeit noch in der Schule? Oder bei Kumpels? Vielleicht hatte er nach dem Standard seines Heimatlandes ja auch das große Los gezogen. Import-Export. Wo er wohl die Nächte verbrachte? Würde Poldi ihn erwischen? Komplett mit Abschiebung und Aufenthaltsverbot?

»Hallo, Stefan. Ich brauche Auto am Montag auch«, sagte Kurzhaar. »Ja. Danke, Stefan.« Er zerlegte das Handy wieder und überschüttete den Jungen mit einem Redeschwall. Der nickte und grinste mit schlechten Zähnen. Beide lachten. Harharhar. Sie klemmten die Red-Bull-Dose wieder ein und knallten die Türen zu. Sargdeckel.

Montag also.

*

Ich hielt mein Telefon ans Ohr und streifte mit der freien Hand etwas Laderampendreck von der Hose. Im Auto breitete sich ein gewisses Müffeln aus. Ich ließ die Fenster herabsurren.

»Der Smirnik«, meldete sich Poldi grußlos und freudig. *»Weiß ich schon«*, sagte er. *»Liegt im AKH, der Ärmste. Du bist vielleicht eine brutale Sau, Kant. Respekt.«*

»He Poldi, das war …«

»Aber effizient. Nein, nein, sag nichts. Mir ist auch schon öfter wer gegen die Tür gerannt. Gute Arbeit.« Etwas raschelte im Hintergrund.

»Deswegen ruf ich nicht an …«

»Du, ich muss aufhören, hier ist der Teufel los«, sagte Poldi und legte auf.

Ich steckte mein Handy wieder ein. Poldi war also noch im Büro. Umso besser. Ich startete und fuhr zum Landeskriminalamt.

Nach kurzem Klopfen rauschte ich in Poldis Zimmer.

Er blickte irritiert von einem Papierstapel auf. Zwei Knöpfe seines Hemds waren offen, die Ärmel aufgekrempelt. »He, Kant. Wie bist du hier hereingekommen?«, sagte er.

»Die Torwache hat mein Auto erkannt. Der Mercedes ist wie ein Universalschlüssel. Außerdem hab ich mich auf dich berufen«, sagte ich.

»So wie du aussiehst?« Er betrachtete meine schmutzigen Schuhe und die Lehmflecken auf der Hose. »Was riecht da so?« Poldi schob zwei Teller mit Sandwichresten und eine Tasse abgestandenen Kaffee an den Rand seines Schreibtisches.

»Frag ich mich auch«, sagte ich und schnupperte aus Alibigründen ein paarmal. »Hör mir ein paar Minuten zu.« Ich setzte mich auf die kleine Couch der Besprechungsecke.

Er wehrte mit den Armen ab. »Du, keine Zeit. Ich hab gleich einen Termin beim Oberst. Kopfwäsche, wegen der Schlagzeilen morgen.«

»Was denn für Schlagzeilen?«, sagte ich.

»EU-Einbruchshorror. Polizei kapituliert«, sagte Poldi, stand auf und streckte sich. Seine Wirbel knackten. Der Sessel drehte sich quietschend. »Ich bin seit sieben hier. Keinerlei Ansatz. Wir kontrollieren halt. Finden aber nichts. Heute um zehn sind ein Haufen Reifen gestohlen worden. Und schon vom Erdboden verschluckt.«

Ein Tablett mit Gläsern und Wasser stand auf einem

kleinen Tisch bereit. Ich bediente mich. »Deinen Termin kannst du gleich absagen«, sagte ich. »Richte dem Oberst aus, du hast eine Einsatzlage und brauchst ihn heute noch. Wo die Reifen sind, weiß ich übrigens auch.«

Poldi öffnete den Mund zu einer Entgegnung, sah mich an und verstummte. Dann nahm er den Telefonhörer. »Martha, bei mir entwickelt sich was. Ich muss absagen.« Er seufzte. »Ja, ich weiß, Martha.« Er schob das Telefon beiseite, grinste und sagte: »Also, Kant, und jetzt sag mir, wieso ich gerade meine Karriere mit Füßen trete.«

»Weil es am Montag wieder Einbrüche geben wird. Vielleicht kannst du sogar jemand festnehmen.« Ich spreizte die Finger und malte mit beiden Händen einen Bogen in die Luft. »Kronenzeitung: Poldi, der Befreier von Linz«, sagte ich. »Na, was sagst?«

»Nein, nein. Lob, immer nur die Politiker oder der Chef. Wir nie. Grundsatz.« Er setzte sich wieder, wippte seinen Sessel zurück und legte die Beine auf den Tisch. »Erzähl.«

»Du hast recht gehabt. Die bekommen erstklassige Informationen.« Ich erzählte von Bloderer, meinem Treffen mit Dackel Peter und dem Telefonat mit Toni. Dass Dackel Peter dealte, erwähnte ich nicht.

»Der Bloderer soll ein Agentennetzwerk aufgezogen haben? Wie bist du auf diese Typen gekommen?«, sagte Poldi.

»Ich bin bei ihm eingebrochen und habe seine Wohnung durchsucht. Bloderer führt Buch.«

»Und wer macht dann die ganzen Einbruchsdiebstähle?«, sagte Poldi. »Von dir einmal abgesehen, meine ich. Er selber ja wohl kaum, oder?«

»Das ist der Punkt«, sagte ich. »Ich glaube, es sind immer mehrere Teams unterwegs, von denen du eines zufällig erwischt hast. Nach den Einbrüchen laden sie die Beute in größere Fahrzeuge um und verschwinden.«

»In die Mietwagentransporter etwa, die ich für dich ausforschen durfte?«, sagte Poldi.

»Genau. Und die Transporter bringen die Ware in ein Depot.« Dass ich die Kennzeichen nur notiert hatte, um nicht einzuschlafen, verschwieg ich.

»Ein Diebesbunker.« Poldi fuhr mit dem Handrücken über sein Kinn. Es raspelte laut. »So was haben wir schon öfter gehört, aber noch nie einen gefunden. Sag bloß, du weißt, wo einer ist?«

Ich erzählte ihm von meinen Beobachtungen in der letzten Stunde.

Poldi nickte anerkennend. »LKW-Verkehr im Hafen ist unverdächtig. Und die Reifen sind jetzt gerade da drin?«

»Ja«, sagte ich. »Und am Montag wird die Gavril damit abdampfen.«

»Gavril?«

»Ein Schiff. Wird am Montag in Linz eintreffen«, sagte ich.

»Und wieso glaubst du, dass das gerade am Montag passieren wird?«

»Weil der Container erst halb voll ist. Und weil einer der Reifenklauer den Transporter für Montag reserviert hat.« Ich erzählte ihm vom belauschten Telefonat. »Und wegen der Gavril. Sie kann den vollen mitnehmen und das Leergut hierlassen. Ist alles in Reichweite eines Krans.«

»Dein Auftrag war doch herauszufinden, ob der Richter ermordet wurde«, sagte Poldi. »Was hat das alles mit ihm zu tun?«

»Richter war einer von Bloderers Informanten«, sagte ich.

Poldi verschränkte die Arme hinter dem Nacken und sah zur Decke. »Passt zusammen«, sagte er. »Das Schiff und den Container kann ich überwachen lassen. Aber dann kriegen wir nur die Transporteure und nicht die Einbrecher.«

Auf einem niedrigen Schrank stand ein Drucker. »Fang.« Ich warf Poldi den USB-Stick zu.

Er fing ihn mit einer Hand auf und zog eine Augenbraue hoch.

»Druck die Bilder aus«, sagte ich.

Ozongeruch breitete sich aus, während die Blätter diskret raschelnd in den Ausgabeschacht fielen. Poldi studierte die Ausdrucke eine Weile. »Da hat sich der Computerführerschein vom Bloderer aber ausgezahlt«, murmelte er.

»Alle Tipps, die er von seinen Leuten bekommt, schreibt er in diese Datenbank«, sagte ich.

»Requirements«, las Poldi vor. »Audi, BMW, Hilti

PRE3. Ein Wunschzettel für Weihnachten?«, sagte er und blätterte weiter. »Morgensternweg 4. Privathaus, frei stehend, keine Alarmanlage. Schlafzimmer erster Stock, Diamantschmuck.« Er blickte kurz auf. »Sogar wann die Leute auf Urlaub sind, steht da drin.« Er las weiter. »S45 Baustelle. Betonschneider im weißen Bauwagen. G'scheit advanced, das organisierte Verbrechen.« Er zählte die Einträge. »Das heißt, wir kennen jetzt fünfundsiebzig Adressen, die wir überwachen können.« Ein kleines Lächeln breitete sich auf seinem Gesicht aus. »Sofern wirklich Ziele aus dieser Liste am Montag dran sind.« Er tippte mit einem Finger auf das Papier. »Und du glaubst, die stellen die Einbruchsteams danach zusammen? Wie ein Internetversand mit Paketdienst, nur umgekehrt?«

»Ja«, sagte ich.

»Wie hast du das hier überhaupt bekommen?« Poldi schwenkte die Blätter.

»Ich habe einen Trojaner auf dem Computer vom Bloderer installiert«, sagte ich.

Poldi sah mich an, atmete hörbar und nickte ein paar Mal schweigend.

»Das kann unmöglich alles auf dem Bloderer seinem Mist gewachsen sein«, sagte er. »Global Player ist der keiner. Da muss es noch jemand dahinter geben.« Er rief einen Katasterplan vom Hafengebiet auf dem Bildschirm auf. »Wo genau steht der Container?«

Ich zeigte es ihm. Poldi tippte und klickte. »Grundeigentümer ist die Targamex GmbH«, murmelte er. »Also auch noch ins Firmenbuch.«

Er sprach dabei nicht mit mir, es war mehr ein Ermittlermantra.

»Zwei Geschäftsführer. Ein Holger Krafft und eine Adriana Mekzi. Anteilseigner sind wieder der Krafft zu dreißig Prozent und eine Nisila Privatstiftung zu siebzig Prozent. Und die …« Er klickte. »… wird wiederum von drei Vorständen verwaltet, die alles Rechtsanwälte sind. Endstation.«

»Was sagt uns das EKIS?« Das Mausrad ratterte wie eine Revolvertrommel. »Die Mekzi ist sauber. Und der Holger … … schau, schau«, sagte Poldi gedehnt und drehte sich zu mir. »Hör dir das an: Österreicher, ehemaliger Honorarkonsul für Rumänien. Verurteilungen wegen Versicherungsmissbrauch, Unterschlagung und Veranstalten eines Pyramidenspiels. Unerlaubter Umgang mit Suchtmitteln, Urkundenfälschung. 2005 Ermittlungen wegen Verdachts des schweren und gewerbsmäßigen Betrugs.«

»Hört sich gut an, was?«, sagte ich. »Honorarkonsul.«

»Ex. Die Geschichte wird schon etwas dichter. Machen wir einmal den Montag«, sagte er. »Um Herrn Krafft kann ich mich erst nachher kümmern.« Poldi nahm eine kleine Schachtel aus einer Schublade und gab mir die Ausdrucke. »Du sagst an und ich pinne.« Er trat zu einer großen Oberösterreichkarte an der Wand.

»Jawohl, Herr Chefinspektor«, sagte ich.

Als wir fertig waren, übersäten kleine rote Nadelköpfe das Bundesland. Nur drei Bezirke blieben leer.

»Braunau, Ried und Schärding schenken wir uns«, sagte Poldi. »Die restlichen Bezirke werden wir mit Fokus auf die bekannten Objekte überwachen. Die Grenzstellen zu Tschechien und Deutschland müssen besetzt werden. Alle Polizeiinspektionen in den Bezirken werden vollständig bemannt. Da werden s' eine Freude haben, die Herren. Bei den Zielobjekten postieren wir Zivilfahrzeuge zum Observieren. An zentralen Stellen warten getarnte Reservekräfte.«

Poldi blieb vor der Karte stehen, die Hände in den Hosentaschen. »Dünn. Viel zu dünn«, sagte er. »Das geht sich hinten und vorn nicht aus. Wir brauchen zusätzliche Beamte. Die Salzburger und die Niederösterreicher müssen uns aushelfen. Vielleicht auch die Wiener. Sogar dann schaut's noch dürftig aus. Für Zugriffe brauche ich außerdem die Cobraburschen. Und Hubschrauber sowieso.« Poldi verstummte und sah aus dem Fenster.

Einsatzlogistische Probleme mussten wie Querschläger in seinem Kopf herumschwirren. Ich trank das Glas leer und sah ihm eine Weile zu. Dann sagte ich: »Naja. Horch, Poldi.«

»Was?« Er drehte sich um.

»Ich glaube, die setzen Kundschafter ein, die auf Polizeiaktivitäten aufpassen. Die geben den Einbrecherteams wahrscheinlich grünes Licht oder warnen sie vor uns.«

Oha, ich zählte mich ja doch noch zur Polizei.

Ich erzählte ihm von den beiden Antennenautos und meiner Vermutung, dass sie die Streifenwagen beobachteten.

»Wann hast du die gesehen?«, fragte er.

Ich sagte es ihm.

Poldi sah im Computer nach. »Kommt hin«, sagte er. »Stimmt mit den Anzeigen überein.«

»Wahrscheinlich hören die auch den Polizeifunk ab«, sagte ich.

»Oder sie reden per Funk miteinander«, sagte Poldi. »Von denen, die wir erwischt haben, hat nie jemand ein Handy dabeigehabt. Damit wir kein Bewegungsprofil anhand der Zelleninfo erstellen können. Aber weil sie ihre Teams koordinieren müssen …«

»… haben sie Funkverkehr«, ergänzte ich. »Darum täte ich die Funküberwachung miteinbeziehen.« Ich erläuterte ihm meine Vorstellungen.

»Gute Idee«, sagte Poldi. »Übrigens, Kant. Hast du eine Ahnung, was mit mir los ist, wenn das in die Hosen geht?«

Ich zuckte mit den Schultern. »War's eine gute Übung«, sagte ich und grinste.

»Das wird die Mutter aller Operationen«, sagte Poldi. Er schnaufte fast dabei. »Und keine Übung.«

»Apropos«, sagte ich. »Ich muss mit Bloderer reden. Dir zuliebe werde ich damit bis Montagabend warten, damit niemand gewarnt wird. Aber dann habe ich freie Bahn. Deal?«

»Du bist aber ein Zivilist«, sagte Poldi.

»Und du hast am Montag eh gar kein Personal mehr, das das machen könnte«, sagte ich.

Als Poldi zu einer Antwort ansetzte, klingelte das Telefon. Er hob ab. »Grüß dich, Karl. Mhm.« Poldi sah mich ernst an. »Du, der sitzt gerade bei mir. Ja, wir kooperieren informell. Danke, Karl. Hast was gut bei uns. Ja, ich sag's ihm.« Er legte wieder auf.

»Hat es gestern jemand eilig gehabt?«, fragte er mich gedehnt. »Jetzt rate einmal, welcher Name den Erhebungsleuten genannt worden ist.«

»Darauf wollte ich schon zu sprechen kommen«, sagte ich und erzählte ihm von Elisabeths Hilferuf. »Kannst du mir das richten?«

»Missbrauch von Notzeichen und viermal Radar«, sagte er. »Die Anzeigen wegen Nötigung und Gefährdung noch gar nicht mitgerechnet.«

»Was sollte ich machen, es klang so echt«, sagte ich.

Er winkte ab. »Ist bereits erledigt. Einen schönen Gruß vom Nowak soll ich dir sagen.«

Oberstleutnant Karl Nowak, Leiter der Verkehrsabteilung und eines der Models für den Pseudokrebshilfekalender. »Danke Poldi. Übrigens, falls euch die Bettina fragt …« Ich beichtete ihm meine Notlüge.

»Noch eine?«, sagte er und schob die Unterlippe vor. »Deinen Testosteronspiegel möchte ich haben.

Du bist ein Gfrast, Kant.« Er ging zur Tür. »Schau, dass du niemand umbringst. Ich werde jetzt dem Chef das Wochenende verderben.«

10

Ich verzichtete auf den Lift und nahm zwei Stufen auf einmal, bis ich vor dem Lagezentrum stand. Heute hatte ich lange geschlafen und fühlte mich fit und ausgeruht. Am Samstag hatte ich Bettina meine detektivischen Aktivitäten haarklein erklärt. Ein Vorhangeinkaufsbummel hatte sie besänftigt und die Wogen einigermaßen geglättet. Sie hatte angekündigt, ihre Bekanntschaft mit Vera Winkler aufwärmen zu wollen. Trotz schwerer Bedenken ihrer Mutter hatte Bettina ihre Sachen geholt und das verregnete Wochenende bei mir verbracht. Ihr Wiener Domizil schien sie kaum mehr zu bewohnen.

Die Tür fiel hinter mir zu. Leuchtstoffröhren an der hohen Decke fluteten den Raum mit grellem Licht. Die Vorhänge waren zugezogen. Es roch nach Bohnerwachs. Etwa fünfzehn Männer waren da, alle um die vierzig, alle in Uniform. Lange dunkelblaue Hose mit zwei breiten Streifen an den Außenseiten und kurzärmeliges Diensthemd in Weiß oder Dunkelblau. Individuelle schwarze Schuhe. Einige bevorzugten Einsatzstiefel. Keine Jacken. Manche saßen auf ihren Drehsesseln, ein paar standen in Gespräche vertieft herum. Die sich zu mir wandten, verstummten abrupt. Auf den Hemdtaschen trugen sie kleine Plastikschildchen mit verschiedenen Abkürzungen in Blockbuchstaben. Auf meinem stand nur »Besucher«.

An Fensterseite und Türseite des großen Raumes waren je fünf Tische hintereinander angeordnet. Jeder hatte ein Telefon, zwei Flachbildschirme mit Tastatur, ein Mikrofon mit biegsamem Hals und eine eigene Stellwand. Darauf waren Zettel mit der Bezeichnung der jeweiligen Station, passend zu den Plastikschildchen, säuberlich aufgepinnt. Darunter der Funkplan mit einer Liste der Rufnamen und der zugeteilten Kanäle.

Poldi stand mit dem Rücken zu mir an einem zusammengestellten Tischgeviert.

Ich ging zu ihm. »Alles klar mit der Befehlskette?«, sagte ich.

Poldi drehte sich um. »Servus, Kant«, sagte er gepresst. Sein Schild war rot und sagte »EK«.

Langsam kamen die Gespräche wieder in Gang.

Poldi hatte dunkle Schatten unter den Augen. Kein Lächeln. Auf einer großen Oberösterreichkarte an der Wand stand »Lagekarte Elster«.

»Topfit wirkst du«, sagte ich.

»Ja«, sagte er und räusperte sich trocken. »Genau so fühl ich mich auch.«

»Gibt's was Neues?«

Poldi schüttelte den Kopf. »Die Website zu knacken, haben sie nicht hinbekommen«, sagte er. »Also haben sie es lieber gelassen, um niemand aufzuscheuchen.«

Poldi hatte am Freitagabend grünes Licht bekommen. Übers Wochenende hatte er die Einheiten organisiert, den Einsatzplan ausgearbeitet und die Beteiligten gebrieft.

»Der Oberst hätte mir auch ein Panzerbataillon verschafft, wenn ich eins verlangt hätte.« Er grinste kurz. »Der ist ein richtiger Strohhalmklammerer geworden. Deine Gavril ist am Vormittag eingetroffen. Wie du gesagt hast. Container und Schiff werden beobachtet.«

»Hast du die Hubschrauber gekriegt?«, fragte ich.

Er nickte. »Drei von uns und ein Blackhawk vom Bundesheer. Stehen in Hörsching herum und starten erst, sobald sich etwas tut. Standby sind s' eh gewohnt beim Bundesheer.«

Flugbenzin war teuer.

»Ich habe ein Zeitfenster von zwölf Uhr bis Mitternacht«, sagte er. »Danach kann ich mir einen neuen Job suchen. Straßenkehrer vielleicht.«

Auf der Uhr über der Tür war es eins. Ich hatte kurz gegessen und meine eigenen Vorbereitungen getroffen.

»Der Parkettboden war schöner«, sagte ich und zeigte auf den hellblau marmorierten Bodenbelag.

Während der Fußballeuropameisterschaft war das Lagezentrum noch im Festsaal des Landespolizeikommandos einquartiert gewesen. Jetzt stand dieser Raum – immerhin extra renoviert – für alle Sonderlagen zur Verfügung.

Poldi sah mich ausdruckslos an. »Der Scheißfußboden ist mir wurscht. Echt.«

Ich saß an Poldis Tisch und wartete. Er sprang immer wieder auf und ging von einem seiner Kommandanten zum nächsten. Um halb drei gab es immer noch nichts Neues.

»Wenigstens können wir jederzeit aufs Klo gehen«, sagte er.

Die Observationstrupps und Zugriffsteams hatten am Vormittag ihre Stellungen im ganzen Bundesland bezogen und waren seit zwölf Uhr einsatzbereit. Das hieß, sie warteten eingepfercht in Bussen und Streifenwagen, die in Lagerhallen, Bauernhöfen und auf nicht einsehbaren Parkplätzen wohlgesonnener Unternehmen geparkt waren. Die Observanten hatten es besser, die konnten in ihren Zivilfahrzeugen patrouillieren. Da verging die Zeit schneller.

Poldi spielte mit seinem Mobiltelefon. Noch war Elster funkmäßig völlig unsichtbar. Bis der Einsatz begann, erfolgte die gesamte Koordination per Telefon. Das war seit Jahren gängige Praxis, weil der Funk in Oberösterreich noch immer nicht auf das neue Digitalsystem umgestellt und damit entsprechend abhörgefährdet war.

Ab und zu schauten Beamte vom oberen Management wortlos nach dem Rechten. Manche nickten mir kurz zu, andere ignorierten mich. Ich kannte die meisten. Spreu vom Weizen. Einmal stand der Landespolizeikommandant in der Tür und grüßte knapp, aber freundlich. Poldi sah zu ihm hin und schüttelte den Kopf, woraufhin er wieder verschwand.

Es passierte nicht das Geringste. Die Beamten drehten sich zunehmend öfter zu Poldi um und riskierten verstohlene Blicke. Schweißgeruch mischte sich in die verschiedenen wirkungslosen Herrendüfte. Jemand öffnete ein Fenster, das vom starken Wind ganz aufgedrückt wurde. Verkehrslärm brandete herein. Ein paar Zettel wurden auf den Boden geweht. Er erntete vorwurfsvolle Blicke und schloss das Fenster wieder.

»Kant?«, sagte Poldi um fünf.

»Hm?« Ich rollte ein Schokoriegelpapier zusammen und sah zu, wie es sich auf dem Tisch wieder entfaltete.

»Kannst noch wen brauchen in deiner Detektei?«

»Ich habe gar keine Detektei«, sagte ich. »Ich arbeite schwarz. Aber Kaffee könntest kochen bei mir.« Ich biss von einem trockenen Sandwich ab und hielt meine leere Tasse hoch. »Auch schwarz«, sagte ich mit vollem Mund.

Poldi seufzte und nickte langsam, als habe er gerade den Sinn des Lebens erfahren.

Die Männer aßen Schokolade und Bananen, standen öfter auf und streckten sich und führten halblaute Gespräche miteinander. Ab und zu öffnete jemand eine Plastikwasserflasche und es zischte kurz. Einer war kurz draußen gewesen und roch jetzt nach Zigarettenrauch. Poldi öffnete und schloss die Fäuste. Seine Brustmuskeln zuckten unterm Uniformhemd. Jeden Moment würde er platzen vor Kraft und Ungeduld.

Einer der Schildchenträger hob die Hand. »Funküberwachung meldet kurze Sprüche in Gallneukirchen, Ottensheim, Leonding und Freistadt«, rief er Poldi zu. »Alle in den letzten paar Minuten und wahrscheinlich verschlüsselt. Jeweils mehrere Quellen.«

»Bussard soll starten«, fuhr es aus Poldi wie Dampf aus einem Schnellkochtopf. Er sah auf die Uhr. »Okay, Herrschaften.« verkündete er und setzte sein Headset auf.

Ich nahm auch eines, um im Bilde zu bleiben.

»Funkverkehr wird häufiger. Jetzt auch in Rohrbach, Wels und Eferding«, hörte ich jemand sagen.

Poldi bog sein Mikrofon zurecht und sagte: »Hier ist Linz Elster. Hier ist Linz Elster. An alle Kräfte. Einsatz beginnt.«

Als hätte eine Schulstunde begonnen, setzten sich alle aufrecht hin und rückten ihre Sachen zurecht.

»Da machen die Postler einmal etwas Nützlicheres, als immer nur CB-Funker zu terrorisieren«, sagte Poldi zufrieden.

Seit heute Vormittag war der gesamte Fuhrpark der Funküberwachungsstellen Linz und Salzburg im Einsatz. Kombis mit überdimensionierten Skiboxen auf dem Dach und anonyme weiße VW-Busse mit Masten und Peilantennen parkten an günstigen Standorten. Kastenwagen mit Blaulicht, auf denen »Funkmesswagen« stand und große Iveco LKWs hatten sich abgeschiedene Plätzchen gesucht. Vom Hauptquartier am Freinberg aus bedienten Techniker fest installierte Peileinrichtungen.

Nach einer Weile sagte Poldi: »Zehn Minuten. Wie ist der Status?« Er lauschte und starrte auf die Lagekarte. »Das heißt, wir haben vier saubere Bezirke«, murmelte er. Er drückte eine Taste und sagte: »Die Kräfte von Vöcklabruck, Kirchdorf, Gmunden und Steyr auf die ersten Alternativpositionen nachführen.«

Poldi hatte seine Armee so dünn gestreut, wie er es verantworten konnte. Weil wir nicht davon ausgingen, dass überall Einbrüche stattfinden würden, hatte er für jede Einheit Alternativpositionen festgelegt. Das Kriterium waren die Gespräche der Kundschafter. Wenn an einem Ort Funkverkehr auftrat, der über das normale Maß reichte oder sonst wie hervorstach, gingen wir davon aus, dass das die Scouts waren und dort Einbrüche unmittelbar bevorstanden. Wenn eine Gegend aber ruhig blieb, würde Poldi die Einheiten von dort abziehen und damit die anderen verstärken. Die Funküberwachung konnte uns sagen, wie viele unterwegs waren und wie intensiv sie kommunizierten und vor allem, wo sie sich befanden. Ob verschlüsselt oder nicht, war zum Anpeilen egal.

Nacheinander wurden Positionsmeldungen durchgesagt und an die Teams weitergegeben.

»Bussard meldet zwei Fahrzeuge mit weit überhöhter Geschwindigkeit. Erstes Fahrzeug durch den Haselgraben auf der B126 nach Norden. Zweites Fahrzeug auf der A7 Fahrtrichtung Freistadt.«

»Wissen wir was von gestohlenen Autos?«, fragte Poldi.

Ein Beamter auf dessen Schild E8 stand, schaute auf einen Bildschirm und schüttelte den Kopf. »Negativ. Moment.« Er griff an seinen Kopfhörer und drückte ihn fester ans Ohr. »Leonding meldet Einbruchsalarm bei AVEG.«

Ein Autohändler. VW, Audi und Porsche.

»Kurierfahrer. Nach Tschechien. Wahrscheinlich Weigetschlag und Wullowitz«, sagte Poldi. »Warnen Sie Grenze vor und sagen Sie den tschechischen Kollegen Bescheid.«

»Verstanden. Grenze für Elster acht«, sagte der Beamte und gab Poldis Befehle weiter.

Poldi trommelte auf dem Tisch herum und zoomte in eine Karte auf dem Computer.

Elster drei für Ulrich sieben.

Hier Elster drei.

Wohnhaus-ED im Gange. Gallneukirchen, Treiberweg 12.

Sind Bewohner anwesend?

Negativ.

Beobachten Sie die Täter. Nichts unternehmen.

Verstanden.

Bussard für Elster drei.

Hier Bussard.

Jeder der Elster-Kommandanten nahm jetzt Meldungen entgegen, erteilte Befehle und verfolgte die Aktivitäten seiner Teams auf detaillierten Bildschirmkarten. Die Atmosphäre hatte sich blitzartig in höchste Konzentration und Anspannung gewandelt.

Ich schaltete die Kanäle durch und hörte zu. Nur ein Besucher.

Kondor über Wels Thalheim eingetroffen.

Wie ein gaffender Tourist.

Hier ist Bussard. Weißer Transporter ist auf Lidl-Parkplatz Linzerberg gefahren. Insassen im Fahrzeug verblieben.

Verstanden. Ulrich elf, rücken Sie vor.

Täterfahrzeug fährt zu. Im Hintergrund war das Sirren der Turbine zu hören.

Vier Personen laden Gegenstände in weißen Transporter. Achtung, weiteres Fahrzeug silberner Kombi fährt zu.

Ulrich elf, Zugriff nach eigenem Ermessen.

Alternativen eins sind besetzt.

Verstanden.

Hier ist Bad Leonfelden eins. Anhaltung durchgeführt. B126 Höhe Zwettl Hammermühle gesperrt. In die Meldung der atemlosen Stimme mischten sich verschiedene Folgetonhörner. *Porsche, zwei Insassen.*

Gratuliere, Bad Leonfelden.

Standby. Standby.

Ich gestand es mir ein, dass ich einen Teil der Polizeiarbeit vermisste.

Zugriff.

Ich sah auf die Uhr. 19:30. Bloderer müsste mit seinem Workout bald fertig sein. Ich stand auf, winkte Poldi und zeigte zur Tür.

Er hob eine Hand, nickte abwesend und wandte sich gleich wieder seinem Bildschirm zu.

Ich verließ das Lagezentrum und hüpfte die Treppen hinunter, froh um die Bewegung.

*

Ich nahm ein Hüftholster mit meiner Waffe aus dem Handschuhfach und klemmte es rechts auf den Gürtel. Auf der linken Seite befestigte ich einen Doppelmagazinhalter aus dem gleichen Kunststoff wie das Holster. Das balancierte die Pistole so halbwegs aus. Mein Sweater verdeckte zwar alles, aber ich sah aus, als hätte ich eine Fettabsaugung bitter nötig. Dreimal achtzehn Schuss. Dritter Weltkrieg.

Ich wollte Bloderer beim Fitnesscenter aufnehmen, ihm zum Schiff folgen und beim Nachhausekommen überraschen. Für alle Fälle würde mich Poldi anrufen, sobald Bloderer beim Schiff auftauchte.

Um dreiviertel acht hatte ich in der Straße vor dem Pacific Palace Stellung bezogen. Ich konnte den Eingang und den Kundenparkplatz überblicken. Dicke Wolken zogen gemächlich über den Himmel und verdüsterten den Abend. Der blaue Leuchtschriftzug spiegelte sich in den Scheiben von Bloderers Audi. Das Studio war in der Nähe seiner Wohnung. Hätte er ruhig zu Fuß gehen können. Oder war das Gift für die Muskeln? Ich kannte mich nicht so aus beim Bodybuilding.

Um viertel nach acht kam er mit einer schwarzen Sporttasche heraus. Graue Softshelljacke, schwarze Chinos, Adidas Schuhe. Die Blinker blitzten in der Dämmerung auf. Bloderer warf die Tasche auf den Beifahrersitz und fuhr weg.

Weil ich sein Ziel schon kannte, konnte ich es mir leisten, ihm eine lange Leine zu lassen. Der Verkehr war mäßig, die meisten saßen schon vor dem Fernseher. Er fuhr zügig, aber innerhalb der Tempolimits. Ich folgte ihm mit einer Ampel Abstand. Im Hafen bog er zum Posthof ein. Da hinten gab es genügend unbeleuchtete Parkplätze. Ich hielt vor einem hässlichen Betonklotz neben dem Kombi eines Lokalfernsehsenders. Licht aus, Motor aus, Stealthmode. Nach zwei Minuten ging Bloderer mit Sporttasche in der Hand über die Straße Richtung Hafenbecken.

Nach drei weiteren Minuten summte mein Telefon. Poldi. *»Zielperson ist aufgetaucht«,* sagte er.

»Bin dran«, sagte ich und legte auf. Ich konnte Poldis Leute nirgendwo sehen und gratulierte ihnen dazu.

Der Vollmond tauchte die Lagerhallen in schmeichelhaftes Licht und erfreute den Observationstrupp mit seinen Nachtsichtgeräten. Bis auf den Wind, der den Wagen sanft schaukelte, ein schöner Abend. Aber immerhin hatte der die Wolken weggeblasen. Ich wartete bewegungslos. Fast neun. Diesmal würde er mir nicht entkommen. Mir fiel ein, dass ich nicht einmal wusste, wie viele PS ich hatte. Ein paar hundert, schätzte ich. Mehr als genug. Meine Pistole drückte gegen die untere Rippe. Das Leder quietschte leise, obwohl ich mich nicht bewegte. Ab und zu fuhren Fahrzeuge vorbei. Lastwagen, ein paar PKWs, ein Linienbus. Ich überlegte, ob man Autositze mit Aussparungen für Waffenträger bestellen konnte.

Bloderer erschien nach zwanzig Minuten wieder. Seine Tasche schlenkerte nicht mehr ganz so haltlos herum. Das Telefon vibrierte wieder. Hatte Poldi noch Infos? Es war Julia. Jetzt nicht. Ich wies den Anruf ab.

Der Audi schoss aus dem Dunkel. Ich startete und folgte ihm. Der Verkehr war mittlerweile fast völlig versiegt und zwang mich, einen großen Abstand einzuhalten. Ich sah ihn an der Ampel beim Interspar rechts abbiegen und drückte das Gaspedal durch. Der schwere Wagen wurde vorwärts katapultiert wie ein Kampfjet beim Flugzeugträgerstart. Nach der Kurve sah ich gerade noch seine Rücklichter auf der Autobahnauffahrt verschwinden. Vor der Radarkabine beim Tunnel bremste er von 130 auf die erlaubten 80 herunter und nahm die erste Ausfahrt Richtung Leonding. Zu seiner Wohnung ging es aber geradeaus.

Wo wollte er hin?

Kurz nacheinander bretterten wir durch Gaumberg. Links stand eine lange Reihe völlig gleicher Wohnhäuser. Rechts zogen sich niedrige Gebäude am Zaun vor den Eisenbahngleisen entlang. Bars, Wettcafés, eine

Bankfiliale, wo früher ein Bordell gewesen war. Die um diese Zeit nur gelb blinkenden Ampeln auf der kilometerlangen Geraden verlangsamten ihn nicht. Nach der Stadtgrenze ging es an Autohändlern und grellbeleuchteten Geschäftszeilen unter wolkenlosem nachtblauem Himmel vorbei. Dann tauchten wir in die Betonwüste der großen Einkaufszentren ein.

Er bog ab, steuerte einen Parkplatz im Freien hinter einem Großkino an und parkte in der leeren letzten Reihe. Die Autos der Besucher drängten sich so nah wie möglich zum Lichtschein der buntglitzernden Neonbeleuchtung. Mehr als die Hälfte der weitläufigen Asphaltfläche war leer.

Ich wendete in der Einfahrt einer verlassenen Handelsfirma und hielt neben einer Hecke. Ein paar Verrenkungen und ich hatte fünfzig Meter ungetrübten Blick. Bloderer blieb im Auto sitzen.

Wartete er auf jemand? Ein Treffen? Ich beschloss, ebenfalls zu warten.

Zwei Reihen von ihm entfernt kroch ein silberner Jaguar umständlich heran. Neben dem Kennzeichen prangte ein ovales CC-Schild. Angeber. Die Tür wurde aufgestoßen und schwang ein paar Mal gegen den Feststeller. Ein Mann mit einer Aktentasche hievte sich heraus. Er war nur um einen Kopf größer als das Auto. Seine Hose spannte über den Schenkeln und hörte ein paar Zentimeter über den Schuhen auf. Unter dem offenen Jackett wölbte sich ein stattlicher Bauch. Das weiße Hemd war zum Zerreißen gespannt.

Der Honorarkonsul etwa? Der Geschäftsführer der Firma, der das Grundstück mit dem Container drauf gehörte. Krafft, richtig.

Er ging zum Audi.

Ich stieg aus, drückte die Tür leise zu und ging ein Stück in Richtung schlafende Industriebetriebe, bis ich außer Sicht war. Im Dunkel überquerte ich die Straße und schlich zum Audi zurück. Ich riss die hintere rechte Tür auf und ließ mich auf den Rücksitz fallen.

»Hände aufs Lenkrad!«, befahl ich und rammte Bloderer die Pistole ins Ohr.

Keine komplizierte Dienstanweisung für den Waffengebrauch. Herrlich.

Bloderer zuckte zusammen und fügte sich. Die Pistole würde ich nachher reinigen müssen. Ein plastikumhülltes Päckchen war gerade in der Aktentasche auf dem Schoß von Krafft verschwunden. So groß wie ein Doppelpack Butter. Ein Kilo Kokain, Standardgröße. Als gäbe es ein Normungsinstitut für Drogenkartelle.

»Guten Abend, die Herren«, sagte ich. Beide wirkten ein bisschen baff. Kraffts grauer Anzug erinnerte mich an meine Schulzeit. Mein strenger Klassenvorstand im Gymnasium hatte auch so ein abgewetztes, schlecht sitzendes Standardteil getragen. Ekelhaft süßlicher Parfumgeruch füllte den Innenraum.

»Legen Sie die Hände aufs Armaturenbrett, Herr Krafft!«, sagte ich.

Wenn er schockiert war, dass ich wusste, wer er war, dann zeigte er es nicht. Ich schätzte ihn auf gute fünfzig. Spärliches graues Haar, rundes Gesicht mit dicken Wangen, dicke Finger. Kleine, stechende Äuglein, die ständig zwischen mir und Bloderer wechselten. Kalkulierend, abschätzend, Chancen berechnend. Gegen den wirkte Bloderer trotz seiner Größe und Muskeln wie ein Waisenknabe.

Er musste sich nach vorn beugen, um das Armaturenbrett zu erreichen. »Was wollen Sie?«, sagte er indigniert, als wäre ich in seinen exklusiven Privatclub eingedrungen.

Aus der offenen Sporttasche im Fußraum lugte ein Bündel Hunderter.

»Den Mörder vom Richter Franz«, sagte ich. »Das Koks da ist nur die Verzierung. Jetzt bist du fällig, Bloderer. Deine Bewährung ist sowieso dahin.«

»Ich hab aber den Richter gar nicht umgebracht«, sagte Bloderer aufgeregt. »Der hat sich so geschreckt, der wollte davonspringen und ist gegen sein Küchenkastel gefallen.«

»Kevin, du bist so ein Trottel«, sagte Krafft. Es klang etwas dumpf, weil er in den Fußraum sprach. »Wenn der jetzt verkabelt ist, gestehst du gerade einen Mord.«

»Du hast mir das angeschafft«, schrie Kevin. »Ich wollte ja eh nicht.«

»Bitte, halt den Mund«, sagte Krafft trostlos.

»Der da hat dir angeschafft, dass du den Richter umbringen sollst?«, fragte ich Bloderer und drehte die Pistole ein wenig.

»Nicht umbringen. Nur schrecken«, sprudelte es aus

ihm heraus. »Der Richter war in einem Wirtshaus am Hafen und hat gesehen, wie ich vom Schiff gekommen bin. Irgendwie hat er gewusst, wie alles läuft. Dann hat er mehr Geld verlangt. Er hat nicht aufgehört mit seinen Forderungen und darum hab ich ihn schrecken sollen.«

Bloderer klappte den Mund wieder zu. Ihm schien etwas eingefallen zu sein. Nach einer kurzen Pause fragte er: »Sind Sie von der Polizei?«

»Fast«, sagte ich. Wenn ich jetzt verkabelt gewesen wäre, hätte ich alles aufzeichnen können. Die Liste meiner nichtvorhandenen Ausrüstungsgegenstände wurde immer länger.

Krafft drehte den Kopf zu mir. »Ah, nicht? Dann können wir uns vielleicht irgendwie einigen?« Er entspannte sich richtiggehend. Seine Linke bewegte sich zur umgekippten Aktentasche und erstarrte erst, nachdem ich die Pistole warnend geschwenkt hatte.

Plötzlich drehte sich Bloderer um, packte meinen Hals und griff nach der Pistole. Ich riss sie hoch und knallte ihm den Lauf gegen die Schläfe. Er sackte zusammen, als hätten ihn 1,3 Kilo Stahl getroffen. Blut lief ihm über die Wange und tränkte sein T-Shirt. Unerwartet beweglich, der Kerl.

Durch die weit offene Tür sah ich, wie Krafft zum Jaguar rannte, so schnell ihn seine kurzen Beine trugen. Mit der Aktentasche sah er aus wie ein plumper Vogel, dem ein Flügel fehlte.

Bloderer stöhnte.

Erst einmal den Spatz in der Hand sichern. Der andere war ohnehin nur eine Fleißaufgabe. »Du bleibst schön da«, sagte ich, nahm aufgerollte Plastikfesseln aus meiner Sweatertasche und fixierte seine Hände am Lenkrad. Ich zog den Zündschlüssel ab, schlug die Türen zu und verriegelte den Wagen.

Der Jaguarmotor brüllte auf. Kinobesucher, die zu ihren Autos strömten, sprangen zur Seite, als er davonschoss. Mindestens acht Zylinder, schätzte ich. Immerhin hatte er ja einiges zu kompensieren. Ich sprintete zum Mercedes und startete.

Tot. Als ob ich den Motor zu Hause vergessen hätte. Was war jetzt schon wieder? Siedendheiß fiel mir das Zwangsdate mit Julia ein. Ich hatte sie versetzt. Ich hielt mich nicht mit der Hotline auf, sondern wählte gleich ihre Nummer.

»Julia …«

»Haben wir eine Verabredung ins Kino mit der Ärztin?«, sagte sie schrill und atemlos. *»Sitzt sie neben dir? Ich bin jetzt extra ins Büro gefahren. Mein Abend ist natürlich ruiniert, das kannst du dir vorstellen. Am liebsten würde ich eine Drohne in Marsch setzen und dich wegpusten.«*

Ich könnte auch Bloderers Audi nehmen, fiel mir ein. Dann müsste ich erst Bloderer rauskriegen und in den Kofferraum …

»Julia, wenn ich hier nicht abhaue, bin ich ein toter Mann«, sagte ich. »Die Albaner haben mich gefunden. Die wollen mich zerhacken und in Säure auflösen. Aus Rache, weil ich einmal einen von denen verhaftet habe.«

»Haha.«

Ich drehte den Schlüssel, aber ihr hartes Herz war noch nicht erweicht.

»Der Parkplatz ist voll mit denen.« Ich ließ Panik mitschwingen. »Es werden immer mehr.« Ich schlug mit der Faust gegen die Seitenscheibe. »Hörst du? Sie holen mich aus dem Auto.«

»Kein Scheiß?« Sie klang schon etwas weniger siegesgewiss.

Ich riss die Steyr aus dem Holster und verpasste dem Beifahrersitz eine Kugel. VIP-Kundenstatus musste man sich hart erarbeiten. Meine Ohren ertaubten vorübergehend. Der scharfe Geruch der Treibladung stieg mir in die Nase.

»Sie schießen auf mich. Bitte, Julia.«

Der Motor sprang an.

Als ich heranraste, waren die Leute wenigstens bereits in Deckung. Der nächste Verrückte. Mit Vollgas verließ ich den Parkplatz. Kein Jaguar mehr zu sehen. Auch an der Trauner Kreuzung Fehlanzeige. Ich wurde langsamer. Die Ampel blinkte grün, dann gelb. Geradeaus oder rechts nach Wels? War er vorher schon abgebogen? So viele Möglichkeiten.

Ich ignorierte das Gehupe eines Golfs und entschied mich für Fahrtrichtung Wels. Dann rief ich Poldi an. »Der Bloderer sitzt hinterm Megaplex und wartet auf euch. Schlüssel liegt unter dem Auto. Ich hab gerade einen Jaguar verloren, in dem ein Hintermann sitzt.«

»Adler müsste in der Gegend sein«, sagte Poldi. *»Warte.«* Rauschen und Funkgekrächze. Dann hörte ich wieder Poldis deutliche Stimme. *»Adler hat einen verdächtigen Raser gesichtet. Helle Limousine, derzeit Flughafenstraße Höhe Breitbrunn.«*

Er war also hintenrum gefahren. Ich klemmte das Telefon zwischen Ohr und Schulter ein und beschleunigte wieder. Breite Straße, kaum Verkehr. Der Fliegerhorst mit dem ausgedienten Düsenjäger auf einem Podest zog vorbei. Ich tauchte in einen kurzen Tunnel ein.

»Hat übrigens ein CC-Schild«, sagte ich.

»Der Konsul?«, sagte Poldi.

»Ex«, sagte ich.

An einer roten Ampel zwang ich das Auto in eine enge Rechtskurve Richtung Flughafen. Im Nu war ich wieder auf Hundertsiebzig.

»Jetzt Theningerstraße«, sagte Poldi.

Das müsste die Straße sein, auf der ich mich gerade befand. Autobahnqualität. Meine Ortskenntnisse versiegten langsam. In der Ferne sah ich Scheinwerfer.

»Beim Kreisverkehr Richtung Westen«, sagte Poldi.

»Ich glaube, ich sehe ihn.« Ich ließ das Handy fallen, schleuderte um den Kreisverkehr und sah die Rücklichter des Jaguars. Jetzt war ich dicht hinter ihm. Wiesen, Äcker, rechts ein Waldstück. Plötzlich machte er einen Schlenker und die Bremslichter zuckten. Beinahe wäre ich ihm aufgefahren. Etwas blitzte, dann schlug mit einem Knall ein Nordic-Walking-Stock gegen meine Scheibe und rutschte klappernd weg. Eine Frau in einem rosa Trainingsanzug stand im Feld und fuchtelte. Eine Eisenbahnunterführung tauchte auf. Gute Gelegenheit.

Ich gab Gas und setzte zum Überholen an. Als die Fahrzeuge auf gleicher Höhe waren, drängte ich ihn nach rechts. Dumpf quietschend mahlte das Blech aneinander. Mein Außenspiegel flog davon. Krafft versuchte zurückzudrängen, aber ich hatte mehr Übung darin. Die Unterführung kam immer näher. Wenn er nicht aufgab, würde er frontal gegen den Pfeiler prallen. Wir legten gleichzeitig eine Vollbremsung hin. Für Krafft reichte es nicht ganz und er rammte den Beton. Eine Menge Airbags poppten wie Seifenblasen auf. Ich nahm ein paar Meter Anlauf, stieß zurück und schob den Jaguar mit meinem Heck in den Graben. Alle möglichen elektronischen Assistenten begannen zu quengeln. Ich schaltete die Warnblinkanlage ein. Der Jaguar stand schief da und konnte nicht mehr vor und zurück. Rechts war ein Erdwall, die linken Türen wurden von meinem Wagen blockiert. Krafft glotzte durch die Seitenscheibe. Ich zeigte ihm meinen aufgerichteten Daumen.

Vom Kreisverkehr näherten sich Blaulichter.

11

Ich trat in den blank polierten Krankenhausflur und wanderte an einem Servierwagen mit Teebehältern vorbei. Hinter mir schlossen sich die Aufzugtüren. Ich trug Jeans und ein schwarzes Jackett mit weißem Hemd. Schwarze Lederschuhe betonten dezent jeden meiner Schritte. Eine unbehagliche Duftmischung aus Mittagessen, Putzmittel und Desinfektion hing in der warmen Luft. Männer und Frauen in verschiedenfarbigen Kitteln eilten geschäftig von Zimmer zu Zimmer und verursachten dabei ein Getrappel wie eine Hamsterherde.

Die Beamten hatten mich erst weit nach Mitternacht nach Aufnahme einer Niederschrift heimgebracht. Poldi und der Landespolizeikommandant hatten den Weg geebnet, sonst säße ich noch in einer Zelle. Aber jetzt war ich ausgeschlafen und hatte gefrühstückt.

Krankenschwestern gab es keine mehr, erinnerte ich mich, während ich ein Rollgestell mit Putzutensilien und eingehängtem Müllsack umrundete. Jetzt musste man ›Diplomierte Gesundheits- und Krankenschwester‹ sagen. Ich klopfte an die Scheibe des Stationszimmers.

Drinnen kramte eine junge Ärztin in einem Stahlschrank. Sie nahm zwei Medikamentenpackungen heraus und drehte sich um. Ihr Pferdeschwanz wackelte.

Kein Make-up. Proper wie ein Legopüppchen. Sie sah den Blumenstrauß in meiner Hand und schenkte mir ein strahlendes Lächeln. »Wer ist denn der Patient?«, fragte sie hilfsbereit.

»Georg Smirnik«, sagte ich. »Wie geht's ihm denn?«

Ihr Lächeln verschwand abrupt. »Der hat eine Trimalleolarfraktur mit … »Sie sah mir meine Fachkenntnis an und begann von vorn. »Ich meine, er hat einen komplizierten Splitterbruch des Knöchels mit Bänderrissen. Er ist gestern noch einmal operiert worden.« Sie sah auf eine kleine Uhr an ihrer Handinnenseite. »In ein paar Minuten beginnt die Visite. Der Oberarzt kann Ihnen eine Prognose geben.«

Ich bedankte mich herzlich. »Falls Operationen anstehen, die noch nie jemand gemacht hat«, sagte ich und grinste, »können Sie Herrn Smirnik ja zum Üben nehmen.«

Sie lachte schallend. »Das müssen Sie mir unterschreiben.« Sie sah mich amüsiert und neugierig an.

»Jederzeit«, sagte ich. »Darf ich ihn kurz besuchen?«

»Besuchszeit ist erst in einer Stunde. Aber gehen Sie ruhig.« Sie winkte mich weiter, wie ein Verkehrspolizist.

Unfallchirurgie, Zimmer 405, hatte der Portier gesagt. Im Türschild steckten handgeschriebene Papierstreifen. Smirnik, Georg. Ich prüfte beide Flurseiten auf mögliche Störquellen. Ein Arzt rannte vorbei und verschwand in einem Zimmer. Vielleicht war's auch nur ein diplomierter Gesundheits- und Krankenbruder. Dann war die Luft rein.

Ich klopfte, riss die Tür auf und rief: »Hallo, hallo, wie geht es uns heute?« Ich schwenkte den Blumenstrauß und stürmte ins Krankenzimmer. Smirnik lag an der Fensterseite und döste. Ein weiteres Bett war frisch gemacht und unberührt, ein drittes zerwühlt, aber ohne Patient. Ich öffnete die Badezimmertür und sah schnell hinein. Leer. Keine Zuhörer. Das Zimmer war hell und freundlich. Ich öffnete das Fenster und genoss erleichtert die Frühlingsluft, die den abgestandenen Dunst verdrängte. In einem kleinen Park zwischen den Krankenhausgebäuden spazierten Menschen.

Ich stellte mich ans Fußende und sah auf Smirnik herab, wie auf ein offenes Grab. Er lag auf dem Rücken und war zugedeckt. Nur sein defektes Bein war in einen monströsen Verband gehüllt und ruhte auf einer Schaumstoffunterlage. Ein Schlauch führte aus den Bandagen und mündete in ein transparentes Kunststoffsäckchen, das am Bett aufgehängt war. Blut tropfte langsam hinein. Über ihm baumelte eine Infusionsflasche an einer Plastikhalterung. Ein Gipsverband bedeckte seine Nase. Um die Augen war er angeschwollen, die unrasierten Wangen hingegen wirkten eingefallen. Seine Fettlocken waren auf dem Kopfkissen drapiert. Auf dem Nachtkästchen lag ein Gratisblatt, aufgeschlagen auf der Seite mit der Nackten, sowie eine zerknitterte Kronenzeitung. In einem Kreuzworträtsel war ein einziges Wort eingetragen.

»Hallo, Schorschi«, sagte ich laut.

Er öffnete seine Augen und zuckte zusammen. »He«, sagte er und schluckte ein paarmal trocken. »Ich kenne Sie. Sie waren das. Mein Auto haben Sie auch ruiniert. Und die Nase gebrochen.« Er versuchte, nach hinten wegzurobben. »Mein Auto. Meine Nase«, wiederholte er heiser.

»Hoher Wiedererkennungswert, was?«, sagte ich. »Ich sollte in die Werbung gehen.«

Mit einem Schritt war ich neben dem Bett und hängte den Ruftaster außer Reichweite. Smirnik griff ins Leere. »Ich bin ja da«, sagte ich. »Die Polizei interessiert das nicht so recht, was du alles im Suff anstellst, was?« Ich trat mit halber Kraft gegen sein bandagiertes Bein, damit er mir nicht einschlief.

Smirnik riss den Mund weit auf und japste fast lautlos. Das schien seiner Nase wiederum nicht so gut zu tun. Sein Oberkörper bäumte sich nach hinten, er krallte sich mit den Fingern in die Bettwäsche und wurde noch bleicher. Ich hatte Mühe, sein Gesicht vom Kopfkissen zu unterscheiden. So ein Chamäleon.

Am Fenster standen zwei leere Vasen. Ich nahm eine und wässerte meinen Alibistrauß ein, während sich Smirnik wieder erholte. »Keine Angst«, rief ich ihm aus dem Bad zu, während das Wasser plätscherte. »Das hier ist nach ein paar Monaten Reha wieder gut.«

»Was wollen Sie von mir?«, flüsterte er.

»Dreierlei«, sagte ich und bezog wieder meine Position vor dem Bett.

Mit weit aufgerissenen Augen sah er zur Tür und wieder zu mir. »Was?«

Ich zählte langsam an den Fingern ab: »Vera Winkler in Ruhe lassen. Schadenersatz zahlen. Eine Therapie machen.«

»Und damit meine ich nicht deinen Klumpfuß da«, sagte ich.

»Was hat die dumme Kuh ... », begann er. »Und für was soll ich überhaupt Schadenersatz zahlen?«

»Für den Polo von der Winkler Vera, du Schwachkopf«, sagte ich. »Scheiben, Reifen. Schon vergessen?« Ach ja, die Katze. Ich trat ihn noch einmal. Die Schaumstoffunterlage fiel zu Boden. »Reiß dich zusammen, sonst mache ich dein Beinchen so kaputt, dass sie es dir abschneiden müssen«, sagte ich.

Ich blätterte die Kronenzeitung durch und wartete, bis ich mir seiner Aufmerksamkeit wieder sicher sein konnte. Es dauerte eine Weile.

»Du lässt die Winkler Vera und ihren Sohn in Ruhe«, sagte ich schließlich. »Keine Anrufe, kein Rachefeldzug im Internet, kein Auflauern. Verstanden? Wenn du ihr zufällig wo begegnest, dann wechselst du die Straßenseite, als wär der Teufel hinter dir her. Das wär dann nämlich ich.« Ich sah in seine Rattenaugen. »Sag ja.«

Er nickte zweimal. »Ja.«

»Als Schadenersatz zahlst du, sagen wir, zehntausend Euro. Damit kommst du noch billig davon.« Für mehr war er sicher nicht gut.

»So viel hab ich aber nicht.«

»Nimm einen Kredit auf«, sagte ich fröhlich. »Leichteste Sache der Welt. Erfülle dir deine Träume. Aber lass dir nicht zu viel Zeit. Das Leben ist kurz.« Ich wartete einen Augenblick. »Na?«

Er nickte wieder. Sein »Ja« klang schwach.

»Eine Therapie machst du auch.« Ich ließ einen kleinen Folder und eine Visitenkarte auf seine Decke fallen und tippte mit einem Finger darauf. »Dort rufst du an. Sobald du wieder humpeln kannst, machst du mit.«

Ich hatte keine Illusionen über die Dauerhaftigkeit meiner Maßnahmen. Sobald ich weg war und er sich erholt hatte, würde er flugs wieder in seine alten Muster zurückfallen. Der Therapie im Gewaltzentrum traute ich nicht viel zu. Smirnik würde von Zeit zu Zeit eine Auffrischung brauchen. Aber was waren die Alternativen? Die beste Lösung wäre, wenn ich ihn spenden könnte. Oder verkaufen. Als Ganzes oder in Einzelteilen. Nieren und so weiter. Dann hätten viele Leute was davon. Ich dachte an unsere letzte Begegnung. Wie weit wäre ich wirklich gegangen, wenn er nicht von allein hingefallen wäre? Düstere Gedanken keimten auf.

»Ich brauche eine Schmerztablette«, jammerte Smirnik und riss mich aus meinen Betrachtungen.

Ich rollte die Zeitung zusammen und schlug sie ihm auf den Nasengips. »Hab ich dich was gefragt?«

Vielleicht sollte ich selbst eine Anti-Gewalt-Therapie machen, überlegte ich. Aber was würde ich dann arbeiten?

»Wenn es auch nur die geringste Unannehmlichkeit für die Vera gibt, bist automatisch du schuld«, sagte ich. »Dann komm ich zu dir und verpasse dir eine Schönheitsoperation. Für mich ist das ein Ausgleichssport.« Ich warf die Zeitung aufs Bett. »Vielleicht sorge ich dafür, dass du wieder ins Gefängnis kommst. Zusammen mit lauter klasse Burschen. Du kennst das eh schon.«

Smirnik starrte mich an und sagte nichts.

»Wenn du mir zu viel Arbeit machst, verkaufe ich dich an die Organhändler in der Ukraine.«

Ich war so böse, ich hatte fast vor mir selbst Angst.

»Was musst du machen, damit das nicht passiert?« Ich zupfte an seinem Infusionsschlauch. »Sag es.«

»Vera in Ruhe lassen«, sagte er folgsam.

»Und?«

»Zahlen.«

Ich zog meine Augenbrauen hoch.

»Zehntausend Euro«, sagte er schnell.

»Und?«

»Therapie machen.«

»Denk dran: Ich kontrollier das«, sagte ich.

Die Tür ging auf. Krankenschwestern mit Plastikmappen und Ärzte mit Stethoskopen strömten zur Visite herein.

»Gute Besserung, lieber Schorschi«, sagte ich aufmunternd und verließ das Zimmer.

*

»Dieser blöde Bauingenieur«, sagte Bettina und wirbelte um ihre eigene Achse.

Ich zog sie an mich und wir wiegten weiter durch das Halbdunkel. Lateinamerikanische Rhythmen und wehklagender Gesang erfüllten den Saal. Kellner schwirrten wie Nachtfalter am Rande der Tanzfläche herum. Weiße Damasttücher auf runden Tischen bildeten die Landebahnmarkierungen.

»Der über die Bestechungen plaudern wollte?«, fragte ich und geriet prompt aus dem Takt. »Was ist mit ihm?« Mit dem Blick am Boden versuchte ich, meine Schritte wieder zu synchronisieren.

»Aus mit Plaudern«, sagte sie. »Ist zugeschnappt wie eine Auster. Fährt plötzlich einen Riesen-BMW und arbeitet jetzt bei einer Tochterfirma des Konzerns.«

»Er hat dich nur dazu benutzt, Geld herauszuschlagen?«

Sie nickte. Zwischen ihren Augenbrauen hatten sich zwei tiefe Falten gebildet. Schwarze Strähnen klebten auf ihrer nassen Stirn.

»Sieh es als Kompliment«, sagte ich. »Er respektiert

dich als wirkungsvolles Druckmittel, um seine Firma zu erpressen. Sogar der Baukonzern hat sich indirekt vor dir verbeugt. Deine Artikel sind eine ernstzunehmende Bedrohung.«

»Ach.« Sie schüttelte unwillig den Kopf. »Diese Kröte. Lassen wir das. Apropos. Glaubst du, dass sich Smirnik an seine Versprechen hält?«, sagte sie mit einem nüchternen Unterton.

»Nein. Aber ich werde ihn dabei unterstützen.«

»Wenigstens ist er eine Weile außer Gefecht«, sagte sie. »Ich habe heute mit Vera telefoniert.« Sie klang unzufrieden.

»Ja?«, sagte ich.

»Ich glaube, sie weint ihm nach«, sagte sie.

»Wird der Himmel bald wieder voller Geigen hängen«, sagte ich.

Bettina seufzte resigniert. Die Musik wechselte zu unaufdringlichem Blues.

»Hat dich Almuth Amras schon bezahlt?«, fragte sie und schmiegte sich an meine Brust. »Lebensunterhalt verdient?«

Ich schmiegte zurück. »Mhm«, murmelte ich. Ab und zu sog ich den Duft ihres Haars ein, als würde ich Züge von einer Opiumpfeife nehmen. »Sogar beträchtlichen Bonus bekommen.« Ich genoss das sanft raspelnde Gefühl ihres schwarzen Samtkleids unter meiner Hand. »Auftrag ausgeführt.«

»Wie geht es ihr damit?«, fragte sie. »Dass ihr Vater ein Krimineller gewesen ist?«

»Sie ist im Reinen mit sich«, sagte ich. »Das Familienidyll hat es ohnehin nie gegeben.« Ich hielt unauffällig nach Amoktänzern Ausschau. Vorhin war ein Paar gestürzt. »Übermorgen wird sie abreisen. Sie hat einiges zu verarbeiten.«

»Sie hat sich ihrem Erbe gestellt und nicht weggesehen. Dazu hat sie den Besten engagiert, den sie kriegen konnte«, sagte Bettina und drückte mich. »Ist das Schiff wirklich weg?«

»Ja«, sagte ich. »Wien hat eine Durchsuchung abgelehnt. Kein Einmarsch in Rumänien. Die Gavril hat alles stehen lassen und noch in der Nacht unbehelligt abgelegt.« Ich machte einen gekonnten Sidestep. »Die Einbrüche wurden mit einer starken Funkanlage vom Schiff aus koordiniert«, sagte ich. »War ein richtiges Leergutsystem. Vollen Container einladen, leeren dafür hinstellen.«

Poldis Leute hatten außerdem noch zwei weitere Zwischenlager entdeckt.

»Und Bloderer? Hat er Richter umgebracht oder nicht?« Bettinas Lackpumps schleiften übers Parkett.

»Ich glaube ihm, dass es ein Unfall gewesen ist. Aber letztlich wird das die Justiz entscheiden. Seine Bewährung ist futsch und ein paar Zusatzjahre sind ihm sicher. Wenn nach dem Exhumieren nichts herauskommt, ist er jedenfalls nicht wegen Mordes dran.«

Der Exkonsul saß ebenfalls in Untersuchungshaft. Die beiden beschuldigten sich gegenseitig und Poldi rieb sich die Hände.

»Ich habe die Zeitungen gelesen«, sagte Bettina. »Poldi ist der Held des Tages. Schwerer Schlag gegen das organisierte Verbrechen.«

»Aber einer, der nicht weh tut«, sagte ich. »Sicher, es wird ein paar Verurteilungen geben, ein paar Abschiebungen und Aufenthaltsverbote. Dann wird ein neues Geschäftsmodell auftauchen und alles beginnt wieder von vorn.«

»Poldis Oberst kriegt viel von der Beweihräucherung ab.« sagte sie. »Gewiefter Taktiker und weitsichtiger Feldherr, steht in den Artikeln. Stütze des Landes.«

»Karrieretechnisch klug von Poldi«, sagte ich.

»Hör mal«, sagte Bettina und zögerte ein wenig. »Ich war vielleicht ein bisschen zu besitzergreifend in letzter Zeit. Das tut mir leid. Wie ich dich mit deiner Klientin gesehen habe, dachte ich schon, du wärst emotional gestrauchelt. Entschuldige bitte.«

Unsere Hüften berührten sich kurz.

»Kein Problem«, sagte ich großzügig. Ausgerechnet in Bezug auf Almuth Amras war ich die Keuschheit in Person gewesen. Bettinas Abenteuer ließ ich lieber unerwähnt. Ich wusste, dass sie einiges am Laufen hatte. Bettina vermutete das Gleiche von mir und hatte recht damit. Wir waren getrennt, ohne Ansprüche aneinander. Und doch kam ich mir bei jedem meiner Ausritte vor, als würde ich sie betrügen.

Im Moment genoss ich die kostbaren Augenblicke des Friedens. Die Vulkane waren aktiv und rauchten noch, aber Ausbrüche waren vorerst nicht zu befürchten. Auf ihre spezielle Art waren alle reizvoll und süß.

Ich hielt Bettinas Arm hoch. Sie drehte sich fügsam.

Von gelegentlichen Zwischenfällen abgesehen.

Die Affäre mit dem Pulverfässchen würde ich beenden. Ich hatte Julia heute Nachmittag getroffen und ihr alles erklärt. »Und du hast echt den Beifahrersitz erschossen?«, hatte sie beeindruckt gefragt. Sie war lammfromm gewesen und hatte versprochen, dafür zu sorgen, dass die Verschrottung des Mercedes keinen Fallout für mich produzierte. Ich hatte mein Auto wieder und war froh fahren zu dürfen, wann ich wollte. Ohne Fernsteuerung.

Ich sah mich um. Rita war diesmal nirgends zu sehen.

Wollte ich im Grunde meines Herzens monogam sein?

Eine hübsche Frau lächelte mir zu. Etwas dünn, Tanzkleid, gebräunte Beine. Extrem unbeholfener Partner.

Vielleicht.

Die Ärztin aus dem Krankenhaus. Ich grüßte sie diskret.

Aber man ließ mich nicht.

Und Elisabeth … Naja, Elisabeth war eine wunderschöne Frau. Sie hatte beunruhigende Dinge geäußert. In ihrem Haus sei viel mehr Platz, als sie benötige. Am Wochenende hatte sie alle Hände voll zu tun gehabt, ihre verstörten Nachbarn zu beschwichtigen. Ich erlaubte mir ein sattes Grinsen.

»Du kannst mit Recht zufrieden sein«, sagte Bettina. »Ich habe übrigens ein Angebot vom Spiegel bekommen. Auftragsarbeit. Soll ich es annehmen? Dann wäre ich aber ein paar Monate weg.«

Ich öffnete schon den Mund, aber Bettina sprach einfach weiter.

»Oder ich bleibe und tausche das hektische Stadtleben gegen etwas Geruhsameres. Ich habe mir überlegt hinauszuziehen. Ins Grüne, wo Vögel zwitschern.«

Ich war sprachlos.

»Was wirst du jetzt machen?«, sagte Bettina. »Privatdetektiv?«

Ich zuckte mit den Schultern. Lebhafte Bässe ertönten. »Wir werden sehen. Momentan spekuliere ich unter anderem mit einem starken Drink.« Ich schwenkte Bettina mit ausgeprägtem Hüfteinsatz.

»Das klingt hoffnungsvoll«, sagte sie und küsste mich. »Vorher shaken wir aber noch.«

ENDE

Weitere Krimis finden Sie auf den folgenden Seiten und im Internet: www.gmeiner-verlag.de

Oskar Feifar
Fingerspitzengefühl
978-3-8392-1521-0

»Eine Gruppe Hippies, eine Leiche und ein paar herrenlose Fingerspitzen.«

Eine Gruppe Hippies mit ausgeprägtem Hang zum Nudismus, drei verschwundene Personen aus derselben Familie, eine Leiche und ein paar herrenlose Fingerspitzen sorgen für Aufregung auf dem Gendarmerieposten in Tratschen. Es gibt keine Zeugen und die Ermittlungen gestalten sich schwierig. Ausgerechnet zu dieser Zeit betoniert der Nachbar eines Opfers ein neues Garagenfundament. Bezirksinspektor Strobel entdeckt erste Ungereimtheiten und die Lösung des Falles rückt am Ende doch noch in greifbare Nähe.

GMEINER

Wir machen's spannend

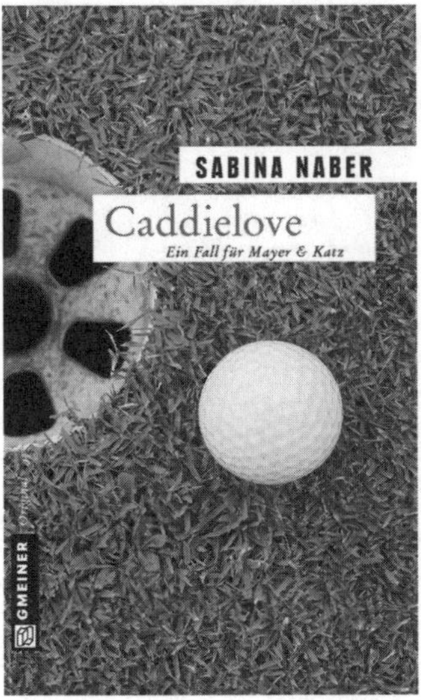

Sabina Naber
Caddielove
978-3-8392-1532-6

»Tatort Golfplatz«

Explosion auf einem Wiener Golfplatz, Leichen im Keller des Clubmanagers und eine junge Profigolferin, deren selbst ernannter Beschützer seine Aufgabe etwas zu ernst nimmt – Chefinspektor Katz und Gruppeninspektorin Mayer tappen verwirrt durch die ihnen unbekannte Welt des Golfs und die dunkle Vergangenheit einiger Clubmitglieder, können einen weiteren Mord nicht verhindern. Erst als sie die ihnen zunehmend klarer werdenden Regeln des Spiels verinnerlichen, nehmen sie die Spur des Täters auf.